이해할 수 없는 점이 마음에 듭니다
조말선 시집

문학동네시인선 172 조말선

이해할 수 없는 점이 마음에 듭니다

시인의 말

뾰족뾰족하고 울퉁불퉁하고 길게 선회하는 깃이 있고, 불쑥 솟아오르거나 낮게 웅크리고 더 낮게 냇물을 따르다가 숨을 참고 가라앉기도 하는 이 들판을 비웠다가 채웠다가 비웠다가 채웠다가…… 한다.

2022년 초여름
조말선

차례

시인의 말   005

1부 손톱처럼 더 가려는 성질

너와 바닥   012
열매들   014
씨 뿌리는 나와 불어나는 나   016
마음감별   018
야간조   020
한 방울   022
머리카락들   023
감수성   026
외국어 교본   027
게시물   028
환대   030
이파리들   032
심야   034
못 본 것들과 못 볼 것들   036
면적과 공간   038
대미지데님팬츠   040
숲으로   042

2부 무려 점으로 추측되는 거리가 되었을 때

위치   044

운동장   045

공원   046

점점 구름   048

시금치의 계절   050

놀이터   051

환대   052

소년   053

혀 스토리   054

아령들   055

크루아상, 풀, 졸음, 생이가래, 영악   056

돌아보는 사람과 돌보는 사람   058

물질주의자   059

다른 거 없어요?   060

생활   062

다만   064

브레이크 타임   065

3부 하고 보니 거기서 거기입니다

수국   068

물방울 069

앞에서 오는 사람 070

두부 071

이행 072

대상들 073

공감대 074

spot 076

못 되었다 078

정원 080

거짓말도 아니고 081

리셋 082

접시 083

접시의 인생 084

구름의 폭로 086

오후 두시의 야생딸기 087

일생은 아득하고 088

토르소 090

4부 얼굴은 들고 다니는 거라고 했다

토르소는 옷걸이입니까 094

입체적인 비 095

삶 096

심야식당   098

주인   100

불발   102

외모   103

궁지의 세계   104

비둘기   105

이름이 뭐지?   106

층층나뭇과에 닿으려면   108

거의 난초   110

패턴   111

미끄럼틀   112

일부   116

지금은 가고 있다   118

정오의 시소   119

풀숲   120

5호는 어디입니까   121

해설| 대상-너라는 혁명, 항상 재개(再開)하   123
     는 시
     | 조재룡(문학평론가)

1부
손톱처럼 더 가려는 성질

너와 바닥

종이를 구기고 종이를 구겨서 파지를 던지는 사람이 원하는 것은 종이 같아

손바닥을 쓰다듬어도 느끼지 않는 종이연습을 하는 밤

뜨거운 갈증만이 차가운 피부를 증식하는 선인장이 될 수 있을까

상추는 피부가 잎이고 피부가 육체고 피부가 꽃이래, 그런 잎만 되는 상추가 될 수 있을까

엄마가 될 때까지 늙을 수 있을까

흰 종이도 검고 검은 종이도 검구나

너는 이런 말을 하는 노인은 되지 말자 했지

피부에 닿지 않으면 모르는 서로를 가질 수 있을까

피부로 느낄 수 없으면 그게 목걸이니, 토닥거리는 자매를 가질 수 있을까

너는 매우 많은 바닥을 가진 것 같아

그중의 하나에서 당근이 자라는 들판이 될 수 있을까

바닥을 구기고 바닥을 구기며 더 얼굴을 숙이면 원하는
것이 바닥 같아

그런 바닥이 될 때까지 바닥을 구길 수 있을까

열매들

환희가 얼마만한 크기인지 모르는 상태로 벌려보는 다섯 손가락

너의 손은 다섯 가닥 복사꽃처럼 복숭아를 낳을지도 모르는 꽃잎을 흉내낸다

끝이 보이지 않는 기쁨은 서로 펼쳐지려는 방향으로 향기를 떨어뜨린다 손톱처럼 더 가려는 성질을 부리면서

다섯 장의 꽃잎은 집중하고 확산하고 흩어지기에 수월하게 몰입하는 장소를 열어준다

열매는 자 이것을 가져라 하고 말하며 매달려 있다

맨 끝에 매달려 있다는 것은 맨 먼저 맛보는 너의 눈동자를 주머니에 넣어서 반죽할 수 있다는 것

너는 얼른 손을 빼는 습관이 있지만 만날 때마다 이것이 방금 수확한 것이라는 듯 미지근한 손을 내밀어주었다

공손하게 관절을 오그려 복숭아의 목을 비트는 동작으로 열매가 열매에게 대하는 수만 번의 기시감이 이런 것일까

어떤 무대에서는 칼과 흰 비둘기와 만국기를 낳고도 손은
열매인 것을 잊지 않으려 한다 더 높이 추락하려면

가볍거나 무겁게 흔들리고 무의식을 쥐고 있다

도움닫기 멀리뛰기를 하는 것들은 물방울의 자세로 회귀
하는 중

열매의 주인이라 나서는 자는 열매의 무의식을 따며 죄의
식을 느낄수록 무용하다

세상의 모든 열매는 환희로 벅차오른 층계에서 간당거리
는 진담

한 번에 껍질을 벗겨서 운을 점치는 토템과 망치로 부수
자마자 웃음이 폭발하는 블랙유머와 두 입술을 열어서 서로
의 침을 나누어 가지는

이것은 복숭아일까 코코넛일까라고 물으며 네 손은 수만
번째 수확중이다

씨 뿌리는 나와 불어나는 나

비가 오면 올수록

고랑은 오로지 이랑에 빠져서
씨를 뿌린다

씨는 싹보다 작거나 같지 않다

아욱은 일대일대응이어서
나는 아무래도 거짓말이다

불어나기 시작하는

쪽파는 미리 셀 수 없어서
거짓말도 아니다 더

불어나는 것은 이렇게 기쁜데 거짓말일 수 있다니

비를 맞으며 나는 불어나는 상황에 놓아본다

고랑을 성큼성큼 하려는 신발을
아욱이 피하고 쪽파가 피한다

아욱이 불어난 것은 무슨 상황이죠

자세히 세어보면
불어난 몸집은 진실의 단일한 성충일 뿐이다

고랑은 돌아오기 때문에
재고하고 있다

내가 돌아왔을 때는
눈이 의심하고 있다

의심에 빠져서 신발이 진흙투성이다

흘러가버릴까봐
도랑은 오지 않는다

마음감별

텅 빈 심을 감싸고 있는 두루마리 휴지처럼

마음은 너의 한가운데에
박혀 있는 것 같다

네 집 주위를 어슬렁거리고 있으면
점점 등을 돌리는 두 개의 원이 그려진다

멀어진 마음으로

지인이 오픈한 치킨집에 갔다가
손이 모자라서 밤늦게까지 손을 놓고 왔다

고마워, 어깨에 얹은 마음이 가벼워서 계속 얹어두었다

봉투에 담을 수도 있고
우산으로 데려다주면 되는데

최근 팔 년간의 행적이 드러나지 않은 공백기에
흰 붕대를 감아서 마음이 아물어가고 있다

붕대를 다 풀면 무너지는 오두막이다

마음이 점점 없어져서

어깨가 무거워진다

야간조

찾기 힘든 것들이
깊은 밤에 있다

낮이 출발한 곳에서
멜버른보다 먼 밤에 일하기로 했다

서로 보이지 않는 사람끼리
한 조가 되었다

혼자 찾고 있는 사람처럼
우물이 밤의 한가운데 있었다

그 물을 길어다가 바닥을 닦기도 하고
공중에 매달린 해먹을 씻는 것이었다

먼지는 희고
걸레는 어두웠다

어디 있는 거니?

너의 앞치마에 누군가의 소변이 묻었는데

노동할 때는 노동만 보인다

조용히 하면
자두가 열리는 순간이 보인다

그때부터 출발해서 어디든 가려고
바닥을 닦아나갔다

서로 보이지 않아서
혼자 잘할 수 있었다

야행성, 야맹증, 심야식당, 야간분만……

노동력이 밤의 언어들을 닦고 있었다

한 방울

국기는 펄럭이고 펄럭여 국가에 도달했나요 당신을 안았으니 당신에게 도달했나요 뺨이 홀쭉해지도록 빨았으니 한 방울도 남김 없나요 셀 수 없이 많은 생각은 한 사람입니다 거리의 꽃은 화분을 치울 때까지 필 것입니다 셀 수 없이 피는 팬지는 한 통입니다 셀 수 없이 피는 마가렛은 한 통입니다 아직 춥나요? 거리의 봄은 나란히 놓인 화분이 시작합니다 배가 부르니 사랑이 작습니다 좁은 집에는 좁은 눈이 내렸습니다 국기는 헤엄치고 헤엄쳐서 육지에 도달했나요 열두시에 도착해서 열두시를 만났나요 나무가 컴컴한 나뭇잎 속에서 백방을 모색합니다 뺨이 홀쭉해지도록 빨았더니 한 방울입니다 변비에 걸린 항문이 벌게지듯이 벌게질 대로 벌게진 노을 속으로 해가 빠지듯이 형식이 필요한가요 들어오는 문과 나오는 문이 필요한가요 셀 수 없이 많은 사람이 여기서 나왔습니다 셀 수 없이 많은 생각이 나갔나요 나를 안았으니 나에게 도달했나요 목이 꺾이도록 마셨으니 한 방울도 남김 없나요 국기는 펄럭이고 펄럭여 찢어졌나요 거리의 꽃은 화분을 놓자마자 핍니다

머리카락들

이십 분이나 늦은 이유가 무엇이냐면 머리카락들이 너무 시끄러워서 그렇습니다

나는 약속을 지키는데 머리카락들이 말렸어요, 바람이 불었고

세어본 적도 없이 많은 숫자입니다

거울이 보여주었거든요, 머리카락이 당신의 지성을 쥐고 있었어요

챙겨입은 의복을 완전히 덮든지 완전히 지우지 뭡니까

될 수 있으면 바람이 통하지 않는 길목을 잡았는데

머리카락이 몹시 가벼웠어요, 사거리에서의 고민은 비교도 안 됩니다

다음에는 군인 스타일을 고려해볼게요

머리카락1은 한시 방향으로, 머리카락11은 열한시 방향으로, 머리카락111은 지구대 방향으로 뛰어갔어요

공같이 생긴 내 머리통이 겨우 몸을 굴려 막을 수 있었지요

이십 분이나 늦어도 자본주의가 눈치를 보는 소비자입니다

아메리카노든 에스프레소든 캐러멜마키아토든 주문하세요

세어본 적도 없는 가능입니다

당신은 본능적으로 성질을 말아올렸군요, 곧 풀릴 듯이

머리카락2가 카페베네 방향으로 머리카락22가 스타벅스 방향으로 머리카락222가 천사다방으로 뛰어들었어요

— 공같이 생긴 내 머리통을 두 손으로 감싸서 겨우 들고 왔
어요
  물컵에 빠진 이 머리카락은 그중에서 가장 혁명적이라고
할 수 있고요
  가고 싶은 곳이 너무 많아 세어보지 못한 내 머리통이거
든요
  다음에는 군인 스타일을 고려해볼게요
  포니테일 스타일로 질끈 묶었더라면 나는 이미 저 창문을
깨고 지나쳤을 거예요
  뛰쳐나가기 위해 태어난 머리카락들, 벗어나기 위해 무궁
무궁 자라는 머리카락들, 내 머리통을 삼백육십 도 빙빙 돌
리고 싶은 머리카락들이 말꼬리가 되는 상상은 거울 속에
서 볼 수 있어요
  당신의 야성은 이미 거울 속에 있었어요
  당신 어깨에 붙은 머리카락은 그것을 증명합니다
  이십 분 동안이나 내 생각만 하느라 당신의 머리카락들은
오그라들 대로 오그라들어 폭발할 것 같아요
  머리카락들이 머리통 속으로 도로 파고들듯이 나쁜 생각
을 멈추었군요
  우리가 만나기로 한 열두시에서
  머리카락3은 벚꽃잎처럼 머리카락33은 아카시아꽃잎처럼
머리카락333은 이팝꽃잎처럼
  뱅글뱅글 돌렸군요, 열두시를

셀 수 없이 많은 성격입니다

감수성

　이 옷감은 가능해서 따뜻하다 울 수 있는 가능성과 울지
않을 수 있는 가능성 사이에서 팔 한쪽을 잘라낸다면 나를
다 감싸안을 수 있다 이 옷감은 옷이 되지 않아서 가능하다
추위를 막을 가능성과 추위를 못 막을 가능성 사이에서 다
리 한쪽을 잘라낸다면 나는 폭 안길 것이다 이 옷감은 감수
성처럼 마무리하지도 않고 퍼져나가기 때문에 불성실하다
따뜻한 옷이 되는 순간 육체가 느끼는 감정에 무책임하다
감수성은 형태를 잡지 않은 옷감처럼 어떤 가능성이다 U자
로 드러나거나 V자로 드러나는 목선을 결정할 때, 허벅지가
드러나거나 드러나지 않는 치맛단을 결정할 때 감수성은 무
한하다 무한한 감수성은 용서받는 감정이다 이 옷감은 결정
되지 않아서 차가울 수 있다

외국어 교본

차에서 내리지도 않은 어떤 고장을 지나가며 좋은 곳이라는 생각을 했다 내 슬픔이 한 번도 깃들지 않은 곳 나와 갈등하는 사람들이 살지 않는 곳 알 수 없는 사람들이 현관 옆에 꽃을 키우고 있어서 알 수 있을 것 같았다 혈육이 스며들지 않은 풍경은 무엇이든지 가능할 것 같았다 엄마와 닮은 노파는 엄마가 아니었고 아버지와 닮은 노인은 아버지가 아니었고 나와 닮은 여인은 내가 아니었다 빨간 고무통에 피어 있는 접시꽃은 친숙해 보이고 담에 기대어놓은 들깻단에서 들깨가 펑펑 터진다고 생각했다 행복은 연습해서 이루어지는 단어가 아니지만 상가에 진열해놓은 상품들과 닮은 구석이 있다 저 보석가게는 먼지만 털면 빛날 것이고 저 신발가게는 아이들이 돌아오면 붐빌 것이고 저 국밥집은 프랜차이즈가 아니라서 신용을 잃었다 인근에까지 소문이 난 국숫집에 낯선 차들이 붐비고 있어서 이 고장은 대도시로 흘러들어가는 하천의 더러운 지류 같다 차에서 내리지도 않은 채 지나칠 때마다 내 혈육이 스며 있지 않은 풍경 때문에 아름다워 보였다 저 남자는 초등학교 동창이 아니지만 그와 닮았고 저 여인은 내 자매가 아니지만 내 자매와 닮았고 나와 닮지 않은 내가 지나가고 있는 풍경이 어디선가 많이 본 듯하다 내 욕망이 한 번도 깃들지 않은 곳 내가 사랑하는 사람들이 살지 않는 곳 닮은 사람들이 꿈속처럼 소리 없이 지나가고 있어서 알 수 있을 것 같았다

게시물

일요일은 쉰다

구하는 사람이
10월 21일부터 10월 26일까지 구하다가 그만두었다

구하는 일이 성욕처럼 사라졌나

더 급하게 구하는 사람이 10월 23일부터 구하기 시작했
으니까
유능한 안전요원의 효과를 낸다

사용불가라고 써붙인 공중화장실에서

대화는

우는 사람이 더 우는 사람에게 지고
떠는 사람이 더 떠는 사람에게 진다

터무니없이 적나라해서 구하는 사람들은
꼭 끌어안을 각오 없이도 끌어안는다

더 죽은 사람이 있다면
죽은 사람이 살아날 수 있다는 듯이

목소리는 많아지는데 후각이 안 미친다

환대

당신은 뒷모습이 없고 둥근 아치형입니다 나는 한 번도 누군가의 아들이 되어본 적이 없는데* 괜찮으시겠어요? 식사 때면 오른손을 사용하느라 눈에 띄지도 않고 살인을 저질렀을지 모르는 사람입니다 이 발과 저 발을 번갈아 사용하는 산책과 달리 들리지 않는 사실을 말할 생각은 없어요 쌍욕이 튀어나올지도 모르거든요 그렇게 안 보인다는 말은 지겹도록 들었으니 진심으로 대해주시겠습니까 긴 아치를 지나갈 때는 환영받는 기분입니다 목구멍으로 꿀꺽 넘긴 굳은 빵 조각을 다시 내뱉을 생각이 없는 내 식도가 떠올랐거든요 대체로 건강한 육체를 가졌지만 오빠라는 말은 들어보지도 않았습니다 당신은 경청하기 위해 태어난 귀 같군요 이 경우에는 침묵이 악덕이므로 오른손과 왼손을 마주치려 합니다 오른발과 왼발을 동시에 구르며 답례를 해도 되겠습니까 내가 바로 당신을 돌보러 온 자가 틀림없지만 누가 누구를 돌보게 될지 지켜봐야 합니다 두 팔을 옆으로 쭉 뻗어 올려서 당신은 둥근 아치형입니다 능소화처럼 매달린 빨간 귀들이 쫑긋거리며 윙크하느라 나는 별꼴이라는 표정을 감출 수 없습니다 밤이 이슥하도록 꺼지지 않을 것 같은 능소화가 그런 당신을 켜둘 참이군요 당신이 하는 접대에 당신이 즐거워하는 표정을 하고…… 언니, 라고 부르는 게 제일 어렵습니다 선생 말고도 다른 호칭이 있을 겁니다 아, 지금 삼키는 알약은 비타민제니까 그런 눈으로 보지 마세요 당신의 눈동자가 능소화처럼 빨갛습니다 오늘밤 당신은 잘 생각

이 없어 보이고요 내가 잠들기 전까지 돌볼 자는 누구입니
까 나는 잠깐 잃어버린 우산을 생각하다가 잠들 겁니다 초
대장처럼 오른손을 내밀었지만 당신은 줄곧 두 팔을 들고
있어서 언제 악수할까요

* 페르난두 페소아, 『불안의 책』, 오진영 옮김, 문학동네, 2015.

이파리들

이렇게 파란 천사들의 얼굴은 유추가 가능하다. 얼굴은 불쑥 솟아오르지 않고 조그맣게 말아 쥐고 나타나기 때문이다. 기억을 잊지 않으려는 듯이 이파리들이 쌓여서 이파리가 되고 있다. 한 사람의 얼굴이 크고 둥그니까 또 한 사람의 얼굴이 크고 둥글다. 조금은 차이가 있는 듯 바람이 뚜렷한 윤곽을 흐려놓는다. 이렇게 파란 천사의 손이 크고 넓구나. 몸에 새긴 문신이라도 감출 듯이 손이 손을 덮는구나. 손자국이 자꾸 남는구나. 크고 넓은 것은 조금 수치스러워 또다른 것을 만진다. 꽃은 언제 피는 걸까? 아침에. 아침이 지나버리면 꽃에 대한 궁금증도 지나가버리고 이파리들은 꽃 생각에 빠져 짙어지거나 옅어진다. 그것은 숲속에서도 계속된다. 그것은 길가에서도 계속된다. 한 사람의 얼굴이 계속 나부끼는 것처럼. 크고 둥글게 연두였다가 초록이었다가 녹색이었다가 부끄러움이나 수치나 모르는 검은색이 될 때까지 계속 나부낀다. 꽃은 언제 지는 걸까? 저녁에. 나는 알 바 아니잖아, 크고 넓은 손을 조그맣게 오므려 물컵을 움켜쥐듯 어둠을 움켜쥔 이파리들의 밤은 무척 어둡다. 그중의 몇 개가 떠난다 해도 밤은 점점 계속된다. 한 사람의 얼굴을 지운다 해도 한 사람이 계속 남아 있듯이 한 사람이 매달려 아니다 아니다 손사래를 칠수록 매달려 있다. 그중의 몇 개가 떠난다 해도. 꽃은 언제 피는 걸까? 아침에. 아침이 지나가면 꽃은 잊어버려. 늦잠을 잤으니까. 이파리들이 뒤집힐 듯이 웃는 것을 보면 또다른 생각을 하고 있는 것이다. 크고 넓은 손 밑이 은밀한 것이다.

심야

헐벗은 밤이
찡그리는 내 손에
검은 장갑을 끼워주었다

두 겹을 끼면
두 명이 움직이는 효과가 난다고 동료가 말했다

이불을 반듯하게 접어놓으면 일이 끝나는데

모서리가 보이지 않는 검은 이불이 끝없이 펼쳐져서
일이 계속되었다

아무데나 찌르면 검은 물이 쏟아지는 작업장은

유일한 수평선을 삼켜버려서

심야는 장갑을 더듬어서 동료의 거리감을 확인하는 사이

야간조가 되면 낮이 계속되어서 밤이 부족해진다

밤이 부족하다는 것은 거의 모든 것이 부족하다는 말이
었다

깊은 밤에도 창문은 더러워지고
꽃병이 깨졌으므로

검은 물 뒤에 검은 물

검은 물 옆에 검은 물이 겹겹이

심야를 이루어갔다

나는 날카로워져서
두 겹의 장갑 속에 모두 숨어 있었다

못 본 것들과 못 볼 것들

지금부터 보고 있다
못 볼 것들은 커다란 원반 모양의 가시연 밑에 있고

쌓여 있는 책들과
구름 위에 있는 것

중국 동물 중에 방금 항아리를 깨트린 것은 보르헤스가
보았다

내가 태어나는 것을 내가 보지 못했던 것처럼
엄마도 내가 태어난 것을 보았기 때문에

시간은 집에 데려가서 키울 수 없다고 했다

네가 삼켜버린 고백과
네가 토해버린 고백

지금부터는 보려고 한다
못 볼 것들을 보았다면 눈을 질끈 감고

눈부셔서 못 본 것도
눈부셔서 못 볼 것도

노을의 분홍 뺨과
내 눈을 밟고 있는 그 분홍의 발바닥

너를 보는 거울은 안구가 없다

외국과
죽은 내 얼굴

이국적인 것은 조국의 국경을 넘지 않아야 가능한 것

낯익을까봐 멀리 던졌다
종아리에 든 쥐들

물속과 모래 속은 말고

불속과
불속

지름이 이 미터나 자라는 커다란 가시연 때문이라고 말하
면 풀 먹은 기분이 든다

많은 민들레를 보았지만 헤르베르트의 민들레는 방금 책
에서 보았다

면적과 공간

연못의 주위를 빙 둘러가다가 우리처럼 원을 그리게 되었다

저렇게 걷고 있는 사람들과 마찬가지로 나하고 너하고 또 너하고 이어보면 생기는 개념이었다

둥근 가시연을 따라 하듯이 둥글게 연못을 돌면 돌수록 우리는 가운데가 텅 빈 관계가 되어갔다

누가 먼저 시작했는지 드러나지 않아서 모두 포함하였다

연못의 가장자리부터 커다란 가시연들이 원을 그리며 수면을 포위해가고 있었다

동시에 여러 방울의 핏방울이 번져나가듯이 겹쳐지면 겹쳐지는 대로 혼자서는 어디서 그만둘지를 모르겠는지 지름이 점점 거대해지고 있었다

거대해진다는 것은 목소리와 상관없이 연못이 거의 다 됐다는 생각이 들게 했다

언젠가는 연못의 목이 조여들고 말리라는 상상을 하고 있었다

가운데에서 시작하는 것과 가장자리에서 시작하는 것 중
어느 하나에 대한 개념이기도 했다

대미지데님팬츠

두 개의 꿈을 좇다가
가랑이가 찢어진

왼쪽 다리는 A
오른쪽 다리는 a

왼쪽 다리가 사다리놀이를 할 때
오른쪽 다리는 사다리에 닿지 않는 살구

꿈은 있고 보이지 않는다
꿈은 안 보이고 아프다

살구나무 아래에서 살구를 먹는
a가 A를 가르친다

에이, 얼마나 아픈 거니?

서로 일어서다가 넘어진다

왼쪽 다리가 탱고를 출 때
오른쪽 다리가 떼구루루 구르는 공놀이를 한다

꿈은 안 보이고 상처투성이다

왼쪽만 찢어진 긴 청바지를 입어도
오른쪽은 아무거나 똑같아진다

심각하구나, 에이

찢어진 청바지가 상처를 벌리고
에이를 흘린다

숲으로

누군가가 숲으로 가자고 해서 일행의 방향이 바뀌었다 모두 숲 밖에 있을 때였다 숲은 한곳에 모여 있어서 찾기 쉬웠지만 입구가 많았다 출구인지도 모른다 한 사람은 숲의 동쪽으로 가자고 했고 한 사람은 숲의 서쪽으로 가자고 했고 한 사람은 숲의 옆으로 돌아서 가자고 했다가 모두 숲의 앞쪽이 어딘지 모른다고 했다 숲으로 가기 전에 숲으로 이루어진 생각에서 벗어나야 하는 문제에 빠진 모양이었다 저 냇물을 건너서 가는 게 어떨까 그냥 이쪽으로 가는 게 좋겠다고 누군가 말해서 저쪽에서 그냥 그쪽이 어디냐고 큰 소리로 외쳤다 모두 숲으로 가는 도중에 일어난 일이었다 모두 숲으로 가는 길에 빠져 있었고 숲은 진한 녹음에 빠져 있었다 숲의 앞쪽은 어디일까 행렬을 태우고 온 버스를 타고 돌아가려면 다시 이쪽으로 나와야 하고 이쪽으로 다 같이 가면 우리는 우리를 잃지 않을 것이다 우리는 숲으로 가는 생각으로 우거졌지만 숲은 녹음이 가장 짙어서 잃어버릴 염려가 없어 보였다

2부

무려 점으로 추측되는 거리가 되었을 때

위치

가까운 곳의 양배추는 크고 먼 곳의 양배추는 점점 작아
져서 실감이 났다

무려 점으로 추측되는 거리가 되었을 때 탄성이 새어나
왔다

멀어지는 명아주가 풀이 죽고 있었다 멀어지는 라벤더
가 풀이 죽고 있었다 멀어지는 셀러리가 풀이 죽고 있었다

명아주를 따라 바람이 풀이 죽어갔다 라벤더를 따라 바
람이 풀이 죽어갔다 셀러리를 따라 바람이 풀이 죽어갔다

내가 풀이 죽어가는 것을 네가 바라봐주면 아름다울 것
이다

무려 점으로 추측되는 거리가 되었을 때 네 탄성을 자아
낼 수 있을 것이다

비는 점을 자라게 할 수 있다고 했다

그러면

소리쳐야 할 이름이 길어져서 목이 쉬게 될 것이다

운동장

가득차 있는 곳에서
기록이 미치지 않는다

숨이 턱에 닿기만 하는 내가
여기저기서 준비하고 있다

기댈 데도 없이
정각 열두시를 취하라는데

서 있는 곳이 출발하려고 해서 뛴다

가슴을 활짝 밟으며 뛰면
운동장은 멀리뛰기를 가장 선호하는 것 같다

운동장과 구름 사이에 바닥이 닿지 않는 넓이가 있다

한쪽 구석이 밀려나서
운동과 운동에 철봉을 매단다

기록이 좀 줄어서

끝까지 가본 적이 없다

공원

주머니가 텅 비어서
할말을 채워 갔다

손을 넣지 않고 걷다보니
분실해버린 건지

나란히 놓인 의자에 앉아
꺼낼 말이 없다

뭐가 보이니?
옆에 앉은 의자가 묻는다

나란히 놓인 손이 나란히 놓인 손에게 하는 말처럼

지금 몇시니?

나른히 뜬 눈이 나른히 뜬 눈에게 하는 말처럼

눈앞에는 열두시의 자세로
연두색 형광조끼와 주황색 형광조끼를 입은 펭귄들이 축
구를 하고 있고

주머니가 없으니

말이 필요 없어 보인다

발보다 먼저 둥그런 배를 앞세운 펭귄 쪽으로

느린 공이 피해다니는 중이었다

한번 차올려진 구름들은 다시는 공이 되지 않으려고
공중을 떠다니고 있었다

나란한 의자는 나른하였다

저 공이 네 발목을 부러뜨리긴 글렀어

못할 말도 없었다

점점 구름

결정된 사물들은 이제 결정되지 않은 것을 기다린다
컵, 접시, 안경, 구두 말고 다른 것
굳혀진 것 말고 말랑말랑한 것
형광등빛 말고 안개 같은 것
곧 사라진다면 다시 또 안개 같은 것
컵들이 모여서 컵들이 퍼져나간다
컵이 된 이후로 퍼져나간다
접시들이 모여서 접시들이 쌓인다
쌓이는 접시들은 결정을 보류한다
쌓이고 쌓여서 결정할 수 없는 사물이 되어
접시 이외의 것이 된다
컵을 보기 위해 컵을 진열한다
한 개의 컵을 지우고 두 개의 컵을 지우고
단 하나의 컵이 될 때까지
네 개의 컵을 지우고 다섯 개의 컵을 지운다
지운 컵들이 접시처럼 쌓인다
결정된 사물들은 결정되지 않은 것이 되어보려 한다
정오의 커튼 틈으로 새어들어온 빛처럼
순식간의 순간을 넘어
구름들은 흩어져서
바람은 흔들려서 결정되지 않으려 한다
흩어지기 위해 뭉쳐본다
멈춘 적이 없는 구름은 순간의 이름이다

구름이라고 부르는 순간
구름은 결정되지 않으려고 부서진다
쌓이는 접시처럼 점점

시금치의 계절

듬성듬성 시금치를 솎듯이 들판을 솎는다 들판의 목을 잡
아올린다 시금치를 잡고 들판을 뿌리째 뽑는다 눈에 흙이
튄 들판이 찡그린다 들판을 뽑다보니 시금치가 쌓인다 들
판은 비리다 갓 뽑힌 들판은 생선의 아가미처럼 팔딱거린다
곧 죽을 듯이 들판은 질리도록 파랗다 시금치는 데치고 들
판은 어떻게 하나 시금치를 볶으면 들판은 복기되고 시금치
를 무치면 들판은 재현하는데 들판은 숨이 죽었을까 시금
치가 없으면 들판은 아무것도 아니다 들판은 텅 빈다 이런
게 들판인가 나는 젓가락을 들고 푸른 식탁을 집으려고 해
본다 이건 창의적인 발상이 아니다 들판은 왜 질려 있나 식
탁은 왜 들판을 베끼나 한 알의 씨앗이 들판에 떨어져 반복
하는 시금치가 왜 경이로운가 왜 감동이 반복되나…… 파
랗기만 하다 파랗게 흔들리려고 0이 되지 않으려고 들판은
1111……을 뒤집어쓴다 네 그림은 온통 초록색이구나, 나
는 입술을 앙다물고 초록색 크레용을 없앤다 손가락이 파랗
다 시금치를 없애면 들판은 아무것도 아니다

놀이터

1.
추락할 수 있을 만큼

허공으로 나를 민다

2.
나는 지금 너만의 이인칭이다

너와 둘이 마주보는 세계가 시소시소 불안하게 삐걱거린다

보고 있는 구름과 본 구름이 번갈아 삐걱거린다

 텅 빈 자리가 한 개, 두 개, 세 개…… 하루종일 보고 있으
면 셀 수 없이 비어간다

3.
허공이 나를 매달고

가장 깊은 방으로 추락하려고

아무도 없이 나를 민다

환대

이 꽃바구니는 환대라는 이름이고 저 꽃바구니는 환영이라는 이름이어서 가격이 다르다고 했다 가장 아름다운 점은 장미가 레드에 기대 수국을 곁에 두고 작약이 자주를 피해 자주달개비를 멀리 둔 것이다 환대가 바구니 모양을 감추려는 것 같다 장미와 수국 사이의 공간을 발명한 플로리스트의 손가락이 길고 희지는 않았다 꽃 한 송이를 꽂으면 허공이 꽃을 감싸려고 일어섰다 꽃 두 송이를 꽂으면 공간 한 송이가 벌어지는 것을 보고 있었다 환대가 꼼짝달싹할 수 있는 공간으로 촘촘해진다 완성작은 마흔 몇 송이의 꽃송이가 마흔 몇 개의 틈 사이에 꽉 끼어 있다 장미와 수국과 작약과 자주달개비가 이루어가는 것이 한마디로 가능해진다 아무것도 없음으로 이루어가는 것이 환대일 수 있다는 것에 깜짝 놀란다 이렇게 아름다운 꽃바구니가 무거운 것에 더 깜짝 놀라는 손목이 아름답고 아름다운 것을 들어올린다 두 손을 내밀지 않으면 맨 먼저 바닥으로 떨어지는 것을 질질 끌고 갈 수는 없다

소년

둘러보니 가로×세로 일곱 개의 패널로 이루어진 바닥입니다 운동화를 신고 지나가는데 기우뚱 어느 한 개의 패널이 흔들려야 위트입니다 연못을 아무리 돌아도 연못 가운데에 닿지 않거든요 막 이 방에 밑줄을 치고 말았지만 여기까지 각자 앓고 온 사람들을 소개하고 싶습니다 벽지 때문에 복도와 등을 맞대고 지나간 사람들이 보입니다 옆방과 등을 맞대고 지나간 사람들이 보입니다 지나간 것은 연못 위의 다리를 건너가듯이 지나가버렸다는 것입니다 소중한 것이 있다는 듯이 아무도 옷깃이 젖지 않습니다 연못에 스스로 창문을 내는 사람은 흔하지 않습니다 창문은 허공과 등을 맞대고 있으므로 출신 성분을 파헤치지 말았으면 좋겠습니다 늘 감정적이기 때문에 감정을 건드린 혐의를 벗기 힘듭니다 제발 밑줄 좀 치지 말래요? 대개 엄마에 대해 생각하지 않으려 하더군요 아무리 뽑아 써도 물이 흥건한 물티슈 같다고 마를 날이 없답니다 가족을 피해서 도망친 곳이 대부분입니다 어린 데버라 리비가 오렌지를 먹는 방식으로 토마토즙을 빨아먹기 위해 빨간 토마토에 창문을 내던 시절을 생각해보니 가족이 나를 피해서 도망친 곳입니다 누가 죽으면 가장 긴 후회를 하며 뛰어가려고 가족을 앓는 곳입니다

혀 스토리

너는 두 손보다 더 두 손을 내밀고 있다 한 손도 충분히 어
항에서 물고기를 건져올렸지 이상하게 기분이 좋은 내 혀는
내성적이어서 가만히 넣어두고 네 혀를 사용할 때가 있다
내 것인데 네 것이 더 많을 때가 있다 대개 반려견들은 발이
다섯 개이거나 혀가 다섯 개 기분을 다할 때의 모습이다 앞
발보다 혀가 먼저 늘어졌다고 하는 말은 아니다 아이스크림
을 핥는 짓에 서투른 손을 내려놓고 있어서 혀도 내려놓는
것이 좋겠다는 말을 들었다 매번 혀보다 아이스크림이 남아
서 나는 혀 스토리를 만들 줄 모른다는 말이었다 혀에도 발
톱이 있고 뼈가 있고 맹독이 있다는 것을 혀에 바른 말 위에
얹어서 핥으면 혀와 말이 녹아버리는 말이었다 네발보다 더
네발로 기어와서 그중의 아무것도 사용하지 않고 전부 사용
했다 이것은 반가워, 이것은 계속 반가워, 이것은 호의, 이
것은 완전히 녹아버려서 몇시인지 모르겠고 무엇인지 모르
겠는 내가 사용해서 네가 길을 잃은 줄 알았다

아령들

　그것들이 주렁주렁 매달린 그것나무 아래에 돗자리를 폈
다 입을 꼭 닫고 오는 동안 입안의 것들이 침에 뒤섞여 불
어나고 있었다 돗자리에 누워서 입안의 것들을 뱉어냈다 좋
다, 너무 좋다…… 가래나 침처럼 입안에서 뱉어낸 것들의
미적 효과는 떨어졌다 그 외 다른 것은 들어 있지 않았다는
듯 아, 좋다는 돗자리만한 휴일이 시작되었다 휴일에는 일
을 하지 않고 일이 일어난다 휴일을 맞은 그것들이 낙차를
연산하면서 떨어지기 시작했다 돗자리만한 휴일을 향해 그
것들이 떨어지기 시작했다 우리는 이미 휴일을 펼쳤기 때문
에 손바닥을 펼치지도 않았고 치마폭을 펼치지도 않았다 휴
일이 너무 좁은 탓인지 그것들은 돗자리를 벗어났다 휴일은
풀을 사랑하는 마음으로 풀을 밟지 않았다 풀밭처럼 휴일의
가장자리가 점점 말라서 오그라드는 냄새가 났다 이런 냄새
가 너무 좋아, 라고 네가 먼저 말했기 때문에 나는 입을 다
물었다 입안에서 풀냄새가 퉁퉁 불어나고 있었다 우리는 방
금 떨어진 그것처럼 그것나무를 올려다보았다 그것나무는
아름다운 낙차를 위해 그것들을 높이 들어올렸다 그것들이
빨간 아령처럼 매달려서 대롱거렸다 그것들이 휴일을 넘어
서 가끔 먼 풀밭으로 날아갔다

크루아상, 풀, 졸음, 생이가래, 영악

앞에서 걷다가 뒤처지기도 하였는데 오후 세시부터 일렬로 나열되었다 제자리가 어디인지 아무도 모르게 되어

서랍 속이나 장롱에 보관하고 두 개를 남겨두려 했지만 세 개의 눈으로 졸음이 왔다

연못을 따라 걸으면 분위기가 전환될지도 몰라서 세 개 모두 데리고 갔는데 다섯 개가 걷지 못한다

한 아이만 꽃을 든 쌍둥이 남자아이들이 지나가서 꽃처럼 이상하게 벌어졌다

건축 재료상에서 파는 시멘트로 모두 입 닥치고 붙을 것이다

명쾌한 사물함이 없고

순서를 뒤바꾸어 피아노 의자에 앉혔다

노래가 되려고 옆자리가 커졌다

두 개는 시들어가고 영악함이 극에 달했다

수공예점에서 흔히 하는 대로 바닥에 아무렇게나 늘어놓
고 이어붙인 별자리의 명칭으로 가장 효과적일 거라고 했다

  거실과 부엌의 이 구석 저 구석으로 밀어넣고 나의 도주
로를 좁혀주었다

  의자를 집어넣고 일어서도 머뭇대는 자들 덕분에 손가락
질을 했다

  너와 너와 너, 어깨 위에 낙엽처럼 손가락질이 내려앉은

  세 개에 목줄을 채웠는데 두 개가 따라오다가 증세가 악
화되었다

  내가 과일을 쪼개는 양분법과 달랐다

돌아보는 사람과 돌보는 사람

한 사람은 밀어주는 자일 때 한 사람은 넘어지는 자 한 사람은 닦아주는 자일 때 한 사람은 바닥이 되는 자 두 사람의 시선이 어디로 가는지 알 수 없을 때에도 분명한 목적어가 있다 한 사람이 꽃이 되는 자일 때 한 사람은 꽃을 사랑하는 자 현관에 우체통이 있는 집이 로망이랍니다 한 사람이 우체통일 때 한 사람이 편지가 되는 자 기별은 멀리서 올수록 뜻밖이고 우체통이 서 있는 동안 계속됩니다 편지 한 장 오지 않아도 낭만적인 집주인이라는 말입니다 한 사람은 고개를 돌리는 자 한 사람은 온몸을 기울이는 자 우체통의 생각은 우체통의 생각 우체통의 생각을 기다리는 자는 기다리는 자의 생각 목적을 꽃처럼 들여다볼 때는 모두가 아름답습니다 작고 크고 빨갛고 노랗고 향기로운 꽃이 스스로 향기를 찢어버려서 말로 표현할 수 없습니다 한 사람은 목적지가 어디인지 모르는 자 한 사람은 목적을 없애고 없애는 자 한 사람은 목적을 일별하는 자 한 사람은 목적을 씻고 으깨고 다지는 자 아, 이것을 빼고 이것을 더하는 것이 무척 단순합니다 한 사람은 돌아서서 지평선을 향해 다시 걷는 자 한 사람은 지평선을 밀고 당기고 빨고 거품을 내는 자

물질주의자

 탁자에 놓인 유리잔에 뜨거운 정오가 담겨 있었다 뜨거운 정오를 녹여 검은 밤을 만들고 있었다 뜨거운 정오는 빨갛고 영혼을 뽑아버릴 만큼 유리잔은 투명하고 뜨거운 정오는 뜨겁고 영혼을 녹일 만큼 유리잔은 차가웠다

 안락의자에 앉아서 더 빨리 액체가 되어갔다 안락은 푹신하고 푹신해서 녹았다 안락의 등뼈는 녹았다 안락은 이미 얼굴이 녹고 팔이 녹고 눈이 녹아내리듯이 녹았다 거의 갈비뼈만 남은 것도 있어서 곧 녹았다 그대로 접어버린다 해도 안락하게 녹았다

 탁자는 네 개의 의자가 둘러싸고 있을 때 가장 첨예한 입장에 빠져들었다 빠져든 채 어떻게 빠져나갈지 생각할 수 있는 당신을 기다리고 있었다

 가운데 말고 가장자리로
 몇 번이고 흘러넘쳤을 것만 같은 노란 커튼은 태양처럼 녹이 슬었지만

 해진 슬리퍼가 뿔소라처럼 뒹굴고 있어서 복원이 가장 어려워 보였다

다른 거 없어요?

입안에 혀가 가득하다
이것은 혓바닥이라고 해서 삼켰는데
입안에 혀가 가득하다
이것은 발바닥이라고 해서 삼켰는데
입안에 혀가 가득하다
기다리고 기다리며 침을 꿀꺽 삼켰는데
입안에 혀가 가득하다
이것은 근심이라고 해서 삼켰는데
입안에 혀가 가득하다
가득하다는 것에 대한 자신감을 가지고
뭐, 다른 거 없어요?
다른 것을 없애버린다는 것에 대한 능력을 가지고
뭐, 다른 거 없어요?
입 벌려봐, 이 음험한 연약지반구간에 크레인을 얹어본들
입을 닫으면 가득하고 가득해서
입을 닫으면 가득차고 가득차서
입을 벌리면 혀가 모자라다
삼키다 만 혀가 목구멍에 걸려 있다
이것은 변명이라고 해서 뱉었는데
입안에 혀가 가득하다
이것은 실패라고 해서 뱉었는데
입안에 혀가 가득하다
뭐, 다른 거 없어요?

뱉어도 뱉어도 묻어나오는 혀가
뭐, 다른 거 없어요?
목매달면 딸려나오는 혓바닥이
발바닥에 닿기 전에

생활

동상 걸린 발에 붕대를 어떻게 감아줄까

발을 디딜 때마다 동상을 잊고 붕대의 순간이 즐거운 피를 흘릴 수 있도록

오른쪽으로 세 번, 왼쪽으로 세 번 감으면 상처가 잘 드러나겠지

흰 눈이 검은 거리를 닦는 것보다 닦을수록 투명한 비의 습관을 알면서도 매번 멜랑꼴리한 창문 앞의 전망처럼 좀 거리를 두는 것이 나을지도 모른다

검게 그을린 아랫목, 오늘밤의 저 아래를 꾹 눌러 덮은 누런 솜이불을 확 벗기는 패러독스가 더욱 따뜻할까

당근을 벗기듯, 무를 벗기듯, 파를 벗기듯 간단하게 생활을 벗기는 생활이 이어지고 있다

사실을 벗기는 사실이 사랑하기 위해 착용한 의복을 벗기고 사실적으로 드러난다

그것은 쓸어낸 복도이거나 먼지로 뒤덮인 복도를 내가 지나간 뒤에 복도를 벗긴 복도가 된다

생활의 누추함을 덮는 예술을 꼭 쥐고 간단하게 예술로 뛰어든 것이다

착지하기 직전이나 이륙한 직후의 콩새의 불규칙한 날갯짓이 심장에서 바둥거린다

우엉을 벗기듯, 감자를 벗기듯, 양파를 벗기듯 간단하게 생활을 벗기는 생활

사실을 벗기는 사실이 이별하기 위해 흩어진 의복을 착용

하고 사실적으로 드러난다

　내가 더 밤이라고 외치는 말을 밤이 지운다

　군데군데 희번덕거리는 살얼음 낀 웅덩이가 밤의 얼굴이
라면

　희번덕거리는 것은 뺨에서만 이루어지는 몇 가지의 허구

　자동차 불빛이 그곳을 지나갔구나

　그곳에 도착하기 위한 방법은 경우의 수 외에도 셀 수 없
는 허구가 동반되지만 그곳은 이곳저곳으로 흩어져버리곤
해서 여러 명의 한 사람이 필요하다

　노란 티셔츠를 몇번째 세탁했는지 물을 필요는 없는 것
이다

　그 노란 티셔츠는 처음 보는 달이군요

　네, 라고 대답하는 백번째 한 사람인 행인의 심드렁함이
낡은 코트 자락에 질질 끌려나간다

　커튼을 내리듯, 식탁보를 덮듯 간단하게 생활을 덮는 생활

　당근을 볶은 당근요리, 감자를 볶은 감자요리, 양파를 자
른 양파를 먹으며

　생활의 누추함을 덮는 예술을 꼭 쥐고 간단하지 않게 생
활로 뛰어든 것이다

다만

  장갑을 끼면 합니다 무릎 대신 허리 대신 뭘 생각하는 건
가요 그것이라면 당신이 생각하고 있는 것을 장갑은 합니다
어깨가 아프면 장갑이 합니다 손가락은 보이지 않으니 말을
하지 않습니다 통화를 지우기 위해 장갑을 끼고 통화를 합
니다 구토를 지우기 위해 장갑을 끼고 구토를 합니다 변기
를 끌어안고 하는 포즈는 전형적이지만 아무데나 합니다 욕
지기가 치민다면 장갑이 합니다 눈물이 찔끔 난다면 장갑의
손등도 합니다 눈물 앞에서 머뭇거리지만 오물 앞에서는 신
속하게 합니다 장갑을 끼면 악수도 곧잘 합니다 손이 피를
묻히는 동안 장갑은 혈흔를 지우고 합니다 장갑은 지난밤을
지우고 합니다 어둠의 직업처럼 장갑의 직업은 합니다 밤의
어둠처럼 장갑을 벗어가면서 합니다 장갑을 끼면 보이지 않
습니다 내 얼굴이 보이지 않으니 당신 얼굴도 보이지 않습
니다 장갑을 끼면 의식을 치릅니다 장갑 속으로 들어간 눈
장갑 속으로 들어간 코 장갑 속으로 들어간 입 뭘 생각하는
건가요 그것이 맞지 않는다면 당신이 걱정하는 것을 장갑이
합니다 당신이 겁내는 것을 장갑이 합니다 장갑은 다만 합
니다 장갑의 직업은 흔적이 없습니다

브레이크 타임

강은 흐르면서 여덟 시간 흐르고 여덟 시간 자고 여덟 시
간 놀고

강은 푸르면서 여덟 시간 푸르고 여덟 시간 빛나고 여덟
시간 스테인리스처럼 견고하고

죽은 물고기는 여덟 시간 죽어 있고 여덟 시간 또 죽어 있
고 여덟 시간 또 죽어 있는

강물이 콩팥에서 뽑아낸 혀로 치근대는 나루에서

병신, 능수버들은 여덟 시간 자라고 여덟 시간 물에 빠지
고 여덟 시간 물을 갈망하고

꽃병에 꽂기에는 너무 많은 노랑꽃창포가 여덟 시간 번
지고 여덟 시간 노랗게 번지고 여덟 시간 노랗게 늙어가면
서 번지고

강물이 다시 식도에서 뽑아낸 성기로 치근대는 나루에서

강물은 흐르면서 여덟 시간 밖의 혀였다가 여덟 시간 밖
의 성기였다가 여덟 시간 밖의 꿈틀거리는 것이 되려고 꿈
틀거리다가

3부
하고 보니 거기서 거기입니다

수국

커다란 머리통을 내민 꽃밭을 너와 함께 걸었지 누구의 것
도 아닌 수국의 머리통만한 것이었는데 환하게 불이 들어
온 뉴런들이 아름다웠지 우리 말고도 꽃밭을 둘러보는 사
람들이 많았으니까 멀리서 바라보는 수국이 너무 아름다워
서 가까이 다가가 기념사진을 찍었는데 모두 내 머리통들이
었지 속이 훤히 비치는 뇌는 기분으로 가득차 있었지 기분
은 왜 뇌로만 몰려드는 것일까 손이나 잎으로 태어나면 던
져버려도 되고 벌써 시들어버렸을 텐데 머릿속에 수국을 켜
두고 자는 것처럼 어제도 나는 내 기분을 쳐다보며 잠을 잤
지 대체 기분이 어떠냐고 네가 물었지만 난 물결이라고 했
지 그것 같기도 하고 저것 같기도 한데 바로 이것이라고 말
해버리면 딱새 같은 충고가 날아올 것 같았거든 이게 파랗
게 보이니? 나는 너에게 물었지 글쎄, 라고 대답하는 너에
게 그럼 푸르스름하게 보이니? 라고 물었지 아직 새파랗게
질린 채 남은 것도 있었지 자주색처럼 물결이었으니까 너
는 알 수 없는 표정을 지었지 그런 거라고, 수국의 기분은
멈추지 않거든

물방울

　집을 떠나서 처음으로 이룬 것이 마지막 말인 것이다 듣는
이 없이 부르짖은 감탄사인 것이다 절벽 위에서 엄마, 라고
소리쳤는데 처음으로 이루려고 했던 것이 누군가의 자녀였
음을 보란듯이 증명해낸 것이다 엄마, 라는 말이 물주머니
처럼 터지려는 것이다 소금기를 쫙 빼고 눈물 이상으로 극
적인 것이다 세상의 엄마들은 모두 얼굴이 다른데 비슷비슷
한 것이다 감정을 꼭 끌어안고 있는 것이다 앞서간 사람이
나라고 해도 따라잡을 수 없는 것이다 잡을 테면 기어이 뛰
어내린다는 것이다 꼬깃꼬깃 주름을 집어넣은 엄마, 는 알
고 보니 둥근 것이다 꽤 반짝이는 것이다 결국에는 둥근 육
체를 이루어내는 것이다 아슬아슬하게 봉착한 난관을 반복
하는 것이다 이토록 아름답고 빛난다고 말하는 사람이 있고
마지막으로 내민 손목이 있는 것이다 신이 있다면 이 손목
을 놓아주소서, 기도하는 자세를 보는 사람이 있는 것이다
이렇게 하고 보니 가벼워지고 가벼워졌는데 참을 수 없이
무거운 것이다 찰나일 뿐인데 엄마, 가 있는 것이다

앞에서 오는 사람

앞에서 오는 사람을 딱 마주칩니다 왼손이 오른손에게 가서 왼손의 소리를 듣듯이 심벌즈가 심벌즈에게 가서 자기를 시끄러워하듯이 앞에서 오는 사람을 앞에서 오는 사람이 마주칩니다 시끄럽나요

그때 사나운 운명의 이빨이 누군가의 심장을 물어뜯고 지나갔다고 해도 증거는 없습니다 운명적이니까요

마주쳤으니까요

아침식사 뒤에 점심식사가 오는 것과는 다른 일입니다

딱 한 번 시끄러워야 한다는 말입니다

점점 멀어지는 운명처럼

두부

응축이라고 했는데 억압이라고 했다 이 방을 소개하자면 거실 겸 주방과 침실, 아니면 단순히 뇌라고 했다 모서리가 많다고 했는데 모가 난 거라고 했다 여러 인격이 겹쳐 있다고 했는데 머릿속이 새하얗다고 했다 시작이라고 했는데 이미라고 했다 머릿속이 하얗다고 했는데 엉덩이라고 했다 그러면 거실이라고 했는데 철창이라고 했다 처음이라고 했는데 가운데라고 했다 모가 난 거라고 했는데 태어난 거라고 했다 그중의 하나일 뿐이라고 했다 그중의 하나가 되어서 이름이라고 했다 혼자서는 되지 않기 때문에 책임감이 없다고 했다 갈등이라고 했는데 흔들리는 거라고 했다 거실 겸 주방과 침실 아니면 단순히 뇌가 으깨진 거라고 했다

이행

　뱀장어가 머리를 디밀고 뱀장어를 통과한다 대가리가 가는 방향이 전방이다 뒤로 돌아도 전방이다 앞날이 무궁무진해서 통과하고 빠져나오며 앞날을 계속 푸는 중이다 몸을 풀기 위해 다시 몸을 꼰다 기분을 풀기 위해 기분을 다시 꼰다 왜곡과 왜곡이 엉겨서 새로운 국면을 맞이한다 저 문제로 이 문제를 덮는다 몸을 풀고 몸을 풀어서 수조를 빠져나갈 수 있다면 더 좁은 곳으로 옮겨준다 오늘은 더욱 엉기지 않는가 수조는 세계의 전부고 오늘은 세계를 통과하는 날이다 나는 뱀장어를 관람하며 세계를 통과하는 중이다 뱀장어가 머리를 디밀고 제 몸을 통과하는 법을 연마한다 오늘은 수조 안에 있다 뱀장어가 오늘을 통과하고 통과한다 바람이 불고 나뭇잎이 흔들리고 나뭇잎에 얹힌 체중이 가벼워져서 나무는 오늘을 통과한다 바람이 불어서 나는 조금 흩어지는 기분이고 뱀장어는 조금 줄인다 뱀장어가 뱀장어를 통과하는 횟수가 조금 줄어든다

대상들

이것은 목적이다 백 개의 주어가 나누어 가지면 백 개가 되고 천 개의 접시가 나누어 가지면 천 개가 되는 것이다 이것은 욕망이라고 하자 최초의 손이 목적을 취한 이후에도 계속 욕망이다 누군가의 방석에서 즐겁게 목적을 하고 남아 있다 누군가의 의자에서 고통스럽게 목적을 했더라도 남아 있다 절실한 순간 눈이 눈물을 사용하듯이 이것은 불시에 닥치는 절실한 욕망을 위해 상온 보관되어 있다 이 시선이 닿은 곳에! 백 개의 주어가 훼손하고도 훼손되지 않은 채 보관되어 있다 천 개의 열쇠가 훼손하고도 훼손되지 않은 채 보관되어 있다 갓 풀을 베어낸 언덕처럼 목적은 훼손될 때마다 생기를 내뿜는다 이것은 깊이 하고도 떠오르고 갑자기 하고도 되돌아온다 나는 영혼이 있어서 뜨거워졌다가 차가워졌다가 하는 손바닥으로 이것을 꽉 쥔다 이것이 목적을 대하는 극진한 태도라고 필기구를 대하듯이 꼭꼭 누른다 욕망은 근접하기 위해 접근하는 중이라서 손바닥 가득 영혼을 다해도 못 이룬다

공감대

우리 중 누구를 원하나요
건물과 건물 사이 살짝 강이 보이는 동네입니다
세 명의 시인과 다른 두 명이 어울립니다
내가 화장실에 간 동안에도 나는 앉아 있습니다
비스듬한 시선과 똑바른 시선을 모두 사용했습니다
두 사람 사이의 권태가 다섯 사람 사이의 문제는 아닙니다
이중에서 교집합은 권태입니다
무릎과 무릎 사이에서 뼈가 부딪힙니다
각자 나름 뼈 있는 건배사를 준비했지만
하고 보니 거기서 거기입니다
두 사람 사이는 마음에 듭니다
세 사람 사이도 마음에 듭니다
나와 한 사람 사이에는 안주 접시가 그대로입니다
수학적인 사람은 다음에 빠질 것입니다
화학적인 사람은 이 사람과 저 사람 사이의 미각에 기대
를 겁니다
우리는 예상대로 접속사의 유희에 빠집니다
누군가 살구나무를 꺼냅니다
이중에서 교집합은 살구나무입니다
한 사람이 고기를 먹지 않습니다
이중에서 교집합은 고기입니다
세 사람은 시를 쓰고 두 사람은 시를 읽지 않습니다
우리 중 누구 때문에 만났나요

당신과 당신 사이의 목소리입니다
한 사람이 자리를 박차고 일어서기를 바랍니다
불안한 대칭 구도가 완성될까요
시 이야기가 가장 풀어집니다
나와 시 사이는 어떤 반응입니까
대화에 반영되지 않는 강물이 흘러갑니다
우리 중 누구와 헤어지나요

spot

가까이 오십시오 나를 향해 나를 보고 싶다면 그렇게 멀리서 당신은 아직 모든 것을 보고 있군요 나를 포함하여

당신을 포함하여 당신들을 보고 있습니다 자두나무에 자두가 가득 열렸군요 침이 고이듯이 당신은 그런 사람이 될 수도 있고 아닐 수도 있습니다 당신들 중에 누군가

치즈가 녹아내리는 오후입니다 녹아내린 치즈를 핥으며 이파리들이 점차 녹색이 되고 있습니다 자두나무보다 가까이 오십시오 나를 향해

당신이 점차 당신이 되고 싶다면 내키지 않는 치즈를 먹어도 그만 안 먹어도 그만입니다 한 사람 두 사람 세 사람을 포기하며 나는 당신을 응시합니다

등뒤에 가려지는 한 사람 두 사람 세 사람과 자두나무와 치즈가 녹아내리는 오후 때문에 당신은 점차 당신이 됩니다

나와 당신의 면과 면이 맞닿는 무렵 우리는 능숙하게 가립니다 심지어 우리의 손까지

손은 혼자 생각하고 혼자 감각하고 혼자 잡았다가 놓았다가 하지만 손가락의 방향 때문에 다른 쪽으로 가고 있습

니다

박, 박, 박……주가리 덩굴은 끝나지 않는 손가락 때문에 대면하기가 어렵습니다 쉽게 이름을 기억하지 못하는 이유일까요? 녹아내리는 치즈가 긴 손가락을 타고 흘러내리며 박주가리는 점차 어려워집니다

가까이 오십시오 나를 지우고 싶다면 내가 가장 내가 되고 당신이 가장 당신이 되었을 때 우리는 지우는 능력을 가집니다

못 되었다

나는 착한 사람이 못 되었다 나는 나쁜 사람이 못 되었다 나는 정직한 사람이 못 되었다 나는 단정한 사람이 못 되었다 너는 못된 사람, 이라고 해서 나는 사람을 떠나 식물이 못 되었다 나는 탁탁 간추리면 아귀가 꼭 맞는 복사지가 못 되었다 나는 몰래 쌓이는 장롱 밑의 먼지가 못 되었다 나는 셔터를 내리고 꿈을 상영하는 모호한 눈꺼풀이 못 되었다 나는 아침에 일어나서 저녁에 떠나는 행성이 못 되었다 나는 낯선 어촌의 삐거덕거리는 목선이 못 되었다 나는 삐거덕거리는 목선을 흔들어주는 삐거덕거리는 파도가 못 되었다 나는 삐거덕거리며 끝내 떨어져나가지도 붙어 있지도 않은 끈끈한 나사가 못 되었다 너는 삐거덕거리는 못된 괴물, 이라고 해서 나는 이 괴물을 떠나 삐거덕거리는 관계를 즐기는 낡은 저택의 창틀과 덧문이 못 되었다 나는 창문을 먼저 닫아야 하는지 덧문을 먼저 닫아야 하는지 고민할 사이 없이 갑자기 시작되는 폭우가 못 되었다 이야기는 그런 장면으로 들어가서 줄곧 삐거덕거리는 창문과 덧문의 관계 때문에 불행에 빠져드는 폭풍의 언덕의 인물들이 못 되었다 마치 태어나서 한 번도 벗지 않고 겹쳐 입은 듯 마침내 수백 겹의 낡은 치마에 짓눌려 삐거덕거리는 의자에서 삐거덕거리는 대사를 읊는 삐거덕거리는 노파가 못 되었다 너는 정말 못되게 구는 인칭, 이라고 해서 아무리 벗어도 죽을 때까지 다 벗을 수 없는 수백 겹의 치마가 못 되었다 너는 못됐다 못됐다 못됐다, 라고 해서 나는 삐거덕거리느라 끝내 죽

은 사람이 못 되었다 나는 끝내 삐거덕거리는 웃음 때문에 ─
훌륭한 시체가 못 되었다

정원

눈썹이 웃자라서 보이지 않게 되었을 때 제일 어린 눈썹부터 자르면 죄책감이 들었다. 죄책감을 느끼려고 어린 눈썹만을 잘랐다. 사로잡는 것은 죄책감이 들어서 완성될까봐

쓸모없이 근면했으므로

자르고 나면 노인다워졌다. 노인이 되어가면서 면하려고 하였다. 사로잡는 것이라면 절로 완성되는 것이 있었다. 앉아 있던 사람은 앉아서 서 있던 사람은 서서 웅크리고 있던 사람은 계속 웅크리고 배배 꼬인 사람은 배배 꼬여서 노인이 되어갔다.

길게 자란 눈썹을 잘랐다. 자르고 보니 가장 어렸다. 죄책감이 들까봐 또 가졌다.

거짓말도 아니고

케이크는 케이크 상자 위에 놓자 조금 포장이 됐지만 포장하지 않았으면 망쳤을걸 건너편에 있는 당신의 손이 가려졌지만 가려진 동안에 딴짓을 할 수도 있잖아 상자가 조금 높긴 하지만 우리가 토론하던 거짓말처럼 의도는 없잖아 당신이 총애하는 감수성처럼 무책임하지도 않아 그 상자 안에서 케이크가 나왔거든 갓 태어난 아가가 엄마 품에서 젖을 빠는 것처럼 태어나자마자 돌봐줄 데가 있어서 다행이잖아 케이크는 케이크 상자 위에 놓자 조금 허세가 풍기지만 우리가 함께 노래하는 게 얼마 만이야 아직 망쳐지지 않은 케이크는 케이크 상자 위에서 망치면 돼 조금 과장이 됐지만 정해진 수순일 뿐이야 우리가 토론하던 거짓말처럼 끝없이 물고 물리는 지루함은 없잖아 치마를 부풀리는 바람처럼 한순간 가슴이 벅차지만 바람이 치마보다 넓을 수는 없잖아 상자에 가려진 내 손이 궁금하다면 상자를 치우는 즐거움이 있을 거야

리셋

바닥에 배를 대고 누운 당신의 등은 얼굴이 되었다 근처에서 소파, 잡지책, 쿠션, 티브이, 플라스틱 화분이 둥둥 떠다니다가 흘러가고 셔츠, 머플러, 재킷, 가방을 수초처럼 휘감은 채 강의 하구까지 떠내려온 모래톱처럼 당신의 등은 아무것도 걸치지 않고 노출되었다 등은 둥글기도 하고 움푹하기도 한 바닥이 되었다 착 가라앉은 바닥이 되었다 아예 바닥이 되지 않고 수심의 결정에 따라 바닥이 되었다가 안 되었다가 하는 그런 바닥이 되었다 등외의 것들이 등 위에서 위태롭게 버티다가 미끄러지고 있었다 등은 당신의 손이 닿지 않는 곳에서 표정을 짓고 있었다 등은 당신의 화장술이 연출할 수 없는 곳에서 어쩔 줄 모르는 민낯을 하고 있었다 당신의 기교가 미치지 못하는 곳에서 어쩔 줄 몰라하다가 절벽처럼 단단하게 굳어가고 있었다 누운 절벽으로 누가 계속 기어오르고 있었다 당신은 당신의 등에 무색하고 있었다 당신은 당신의 등에 무능하고 있었다 당신의 탤런트는 등 위에서 들숨과 날숨을 표현하는 데 백 프로 헌신하고 있었다

접시

 접시 위의 바다처럼 포장품이 왔다 접시 위의 계란처럼 포
장품이 왔다 접시 위의 촛불처럼 접시보다 불안한 포장품들
이 접시를 위험에 빠뜨릴 포장품들이 친친 테이프에 결박당
해서 왔다 도서라고 분류되었다면 불꽃일 수 있는 포장품
유리라고 분류되었다면 흉기일 수 있는 포장품 자연이라고
분류되었다면 이미 훼손된 포장품 냉동이라고 분류되었다
면 시체일 수 있는 포장품 케이크라고 분류되었다면 접시만
남는 포장품 접시에서 굴러떨어질까봐 접시에서 굴러떨어
져서 죽은 몸이 한번 더 죽을까봐 빈 구멍마다 흰 솜을 꽉꽉
틀어막고 접시 위의 눈사람처럼 포장품이 왔다

접시의 인생

접시는 접시의 조감도이다 접시는 접시가 의미이고 이미지이고 표상이다 얇거나 납작하거나 뭉툭하거나 접시는 접시가 안면이고 전면이고 뒷면마저 접시다 나의 안면에 포도 한 송이는 접시의 인생이고 나의 전면에 한 조각 케이크도 접시의 인생이다 창문이 없는 반죽으로 접시를 만들어서 아홉 개의 구멍을 땜질한 나의 조감도에서 기어나오는 머리카락들도 접시의 인생이다 나의 안면에 포도 한 송이는 나의 의미가 아니고 나의 전면에 한 조각 케이크도 나의 은유가 아니고 접시는 접시의 평면도이다 다 접은 것이 접시이고 다 펼친 것이 접시이다 납작하고 납작한 접시가 나의 전부이다 나의 안면에 놓인 나이프와 포크는 너의 에티켓이고 나의 안면에 묻은 우스터소스는 너의 포만감이고 나의 이미지는 줄곧 접시이다 접시의 조감도는 탁자에 있다 접시의 평면도는 탁자에 있다 나의 조감도에서 자꾸만 기어나오는 머리카락처럼 고물고물 기어나오는 벌레들은 접시의 인생이다 기어나온 벌레들은 접시가 아니고 기어나온 머리카락들은 접시가 아니다 접시의 인생은 접시 위에 있다 날개를 잊은 까마귀가 접시에 앉아서 접시의 인생이 생겨나고 있다 접시 위의 까마귀의 날개는 어색하기 이를 데 없고 꽉 막힌 아홉 개의 구멍을 뚫어버리려는 까마귀는 접시의 인생이다 백 년이 지나도 떠오르지 않는 나의 표상은 접시의 표상이다 희고 둥글 뿐 밋밋하기 그지없는 나의 표상은 정해진 바 없는 접시의 표상이다 끝내 말하기 위해 말을 계속

하고 있는 나의 표상은 아직 정해지지 않은 접시의 표상이
다 아직 못한 말은 접시의 인생이다 차라리 접시의 조감도
가 접시의 인생이라면 거의 끝났을 것이다 접시의 인생은
한 송이 두 송이 세 송이…… 매달리는 포도송이 때문에 계
속되고 한 조각 두 조각 세 조각…… 조각나는 케이크 때문
에 계속되고 있다

구름의 폭로

구름은 폭로하고 나는 젖는다 구름은 폭로하기 위해서 연대하고 이념에 개의치 않는다 바다에서 비롯되었고 산에서 비롯되었고 개의 형상을 하고 왔다 양의 털을 쓴 나의 눈물에서 비롯되었다 당신이 띄워놓은 허황함이라고는 하나 당신은 나의 맞은편 이름이어서 내가 속하는 구름은 여전히 결정을 미루고 있었다 빵집에서 빵을 고를 때마다 제빵사의 멈춘 구름을 골라야 했다 구름을 사랑하기 위해 제빵사가 된 당신의 빵은 정말 구름처럼 부풀다가 멈추어 있다 제빵사의 빵은 폭로를 멈추어 있다 구름은 폭로하기 위해서 점점 높이 올라갔다 한마디만 해도 나는 속속들이 찔렸다 그날 거기 있었다는 것을 나는 당신의 옆의 옆에 앉아서 들었다고 그가 말했다 오늘따라 비만한 당신의 손톱 때문에 손톱성애자가 기뻐하는 마음을 일으켰으므로 구름은 폭로하고 나는 젖는다 크루아상과 크루아상이 흐르다가 구름이 되었다 손톱과 손톱이 흐르다가 구름이 되었다 손을 휘젓는 의미 없는 방어와 방어가 흐르다가 구름이 되기도 했다 구름은 폭로하기 위해 독자적으로 움직이고 국경을 옮겼다 긴 산맥을 옮기다가 결빙의 지점에 머무는 동안 폭로의 마음은 급격히 낮아지고 낮아진다는 당신은 벌겋게 달아올라 있었으므로 맞은편에 앉은 나의 태도를 구름은 폭로하고 나는 젖는다

오후 두시의 야생딸기

오후 두시는 야생딸기가 줄줄 샜다 멍이 들거나 깨지거나
오후 두시는 유두들이 돌출한 기형의 야생딸기가 툭툭 떨
어졌다 오후 두시의 재난은 오후 두시부터 최고치를 이어
갔다 오후 두시의 독서처럼 얼추 반은 잃었고 얼추 반의반
은 놓쳤다

일생은 아득하고

일생은 아득하고
백 살은 줄었다

일생은 점점 길어지고
백 살은 늙은 살구나무처럼 한 그루

저것이 백 살이라면 당신은 믿으시겠습니까

일생은 끝날 줄 모르고
백 살은 쪼그라든 주먹을 쥐었다 폈다 하는 늙은 살구나무

일생은 안개꽃으로 감싼 꽃다발과 함께 걸어가고
백 살은 거기 가운뎃손가락에 핀 게 꽃이니, 욕이니

일생은 점점
백 살은 이미

일생은 역사적으로 흐르고
백 살은 올봄에 꽃이 피었다

일생은 당신이 휠체어에 앉아서 멀어져가는 당신을 배웅
하고
백 살은 당신이 당신을 밟고 올라가는 밑동이 내려앉은

늙은 살구나무

너무 줄어들어서 원근법이 사라져버린
이것이 백 살이라면 당신은 믿으시겠습니까

일생은 꼬리를 끌고
백 살은 믿는 구석에서 피고 지고 피고 지고

토르소

소년은 자라는 중이었다

아무도 몰래 즐거워지려고

뒤꿈치를 들지 않은 채 폐쇄회로 티브이를 끌 수 있었다

긴팔원숭이처럼 긴 팔다리를 소매 속에 욱여넣으면

소매가 빠져나갔다

쥐고 있는 지문을 없애려고 팔을 잘랐다

나뭇가지처럼 더 많은 팔이 돋는 방법을

조부의 감나무에서 배워두었다

사랑의 종류는 두 손에 다 쥘 수 없었거든

울타리를 넘어 도망치려는 발을 잠재우려고 다리를 자르면

가야 하는 곳이 더 많아졌다

너무 즐거운 것을 알리지 않으려고 비니를 목까지 끌어

내렸다

뒤꿈치를 들어도 빗소리를 끌 수 없었다

4부
얼굴은 들고 다니는 거라고 했다

토르소는 옷걸이입니까

영혼을 달래러 간 발이

구두를 벗어두고 와서 무릎 위로 잘려 있다

생각할 틈을 안 주려고 놀랄 입이 없다

얼굴을 돌려도 보이지 않고 얼굴을 다시 돌려도 보이지 않기 때문에 얼굴을 내려놓는다

가슴을 부릅뜨고

앞으로 벌어질 일에 대해 생각하지 않으려 하고 뒤에서 벌어진 일은 잊어버려서 가슴이 유난히 아파 보였다

가느다란 목을 가진 것들끼리 통증을 끊어낸 징후만 남아 있다

뺨을 후려칠 손이 없어서 코르셋을 벗고 있다

입체적인 비

비가 오자 문득 육체가 된 당신의 이마를 찾아서 입체들이
떠다닌다 당신이 가진 손을 쥐여주자 입체적으로 비가 펼쳐
진다 이게 다예요 최선을 다해서 유일한 앞모습이고 옆모습
이고 뒷모습이에요 비가 오자 문득 육체가 된 당신의 손과
발이 우산 쪽으로 모여든다 문득 소매가 우산보다 길고 문
득 둥근 등이 우산보다 좁아진다 스커트를 길게 잡은 비가
질척거리며 따라온다 하나의 우산이 사방으로 걸어서 당신
은 서로의 발에 밟힌다 최선을 다해서 우산이 걷고 있는 방
향으로 당신은 모여서 간다 문득 육체가 된 머리카락이 젖
을까봐 우산은 비의 편으로 걷고 당신은 우산의 편으로 걷
는다 비가 오자 문득 드러난 육체를 찾아서 입체들이 떠다
닌다 최선을 다해서 입체예요 최선을 다해서 우산이 걸어가
는 방향으로 육체가 된 당신은 움직이고 있다 비가 와서 육
체는 없고 입체적으로 흘러내리는 비가 펼쳐져 있다 우산이
비어져나오는 당신을 구겨넣는다 당신은 문득 육체가 된 기
분을 구겨서 우산의 편으로 가고 있다

삵

살이 아니라 살이 둘러싼 속도 때문에 달리는 거라고 침대가 알겠니 살이 아니라 살로 둘러싼 시야 때문에 재우는 거라고 식탁이 알겠니 살이 아니라 살이 둘러싼 신경증 때문에 꿰매는 거라고 거봐, 살이 먼저 썩잖아

살이 답답하니까 입이 터진 거라고 살이 꽉 찼으니까 숨을 쉬게 된 거라고 살이 꿈틀꿈틀 비어져나오니까 겹겹이 옷을 벗는 거라고 살이 살 만하니까 뛰쳐나갈 옆문을 튼 거라고

살을 따라붙은 입이라고 하는 말이

살이 아니라 살로 둘러싼 욕망 때문에 살을 키우는 거라고 살을 키워 살로 유혹할 수만 있다면 살이 아니라 살로 둘러싼 난감함 때문에 살을 키우는 거라고 살을 키워 칠흑 속에 가두어야만 하겠니

미안해, 살을 발라내서 살을 삶아대서 살을 찢어발겨서 살을 질겅질겅…… 이런 말을 해서 정말 미안해
미안해, 뼛속까지 전율하도록 미워하게 해줄게 미안해, 뼈가 부서지도록 증오했는데 살 떨리게만 해서 정말 미안해

살을 따라붙은 입이라고 하는 말이

입이 살아야만 입이라도 살아야만 만져줄게 핥아줄게 이
런 말이라도 할 수 있는 나를 용서해주겠니

살아서 할 수 없는 말이 있을 거 같아 살면서 할 수 없는
말이 있을 거 같아 살이라도 매만지고 살 수 있다면 살이라
도 덕지덕지 걸치고 있으려면

살이 아니라 살로 둘러싼 포장 때문에 짖는 거라고 음악
이 알겠니 살이 아니라 살로 겹겹이 포장한 눈물이 샐까봐
살을 껴입는 거라고 찢어진 살이 알겠니

심야식당

흰 국수처럼 끊어주는 시선이 없어서 도로 뒤집어쓴 시선들의 지도가

겉옷에 묻은 밤을 터는 사람이 막 빠져나온 나라에서 심야식당까지

김이 오르는 흰 식기에서 국물이 고여 있는 웅덩이까지

마주앉은 사람이 없는 곳에서 막다른 벽까지

눈부시게 건져올리는 국숫가락에서 목구멍까지

석탄가루 같은 밤에서 눈이 켜진 고양이까지

열고 들어간 나라에서 닫고 앉은 탁자까지

미지근한 물잔을 들어올리면 아득한 목구멍은 물잔이 더 아득하고

벽에 걸린 달력의 저 페이지에서 그다음 페이지까지

너의 단추에서 시작했는데 그 손을 얼리고 있었어

눈동자는 다양한 색깔로 한 가지 감정을 가지고 있으니까

생강차 티백이 침묵을 우려내는 무용과 침묵을 마치는 최초의 언어까지

스스로 끌어안은 한 사람의 시선과 시선까지

어디서 왔소, 들을 생각이 없는 질문에서 말할 생각이 없는 대답까지

국적을 모르는 사람들이 드문드문 앉아 있는 여기서 저기까지

얼굴에서 거미줄을 걷어내는 한 손에서 한 손을 거드는 다른 손까지

불을 켜고 하고
불을 끄면 하지 않을 수 없다
빛이 하고 석탄가루 같은 밤이 한다
흰 김 속에서 육수가 끓고 국자가 부딪치는 소음이 성명을
밝히지 않은 사람들을 한 솥에 넣고 끓인다
한솥밥을 먹는 사람들에서 한 솥 안에 있는 사람들까지
동시에 놀라고 동시에 웃는다
동시에 각자의 시선을 찾아가서 동시에 표정을 돌려놓는다
그 어둠을 깊이 파고 종자를 심은 후 그 어둠을 덮은 데
까지
주인 없는 대화 도중에 걸어나온 신발과 남아 있는 발까지
식물처럼 멈추지 않는 어둠에서 늙은 콩나물 같은 가등
까지

주인

구형의 유선 전화기를 들고
개가 나를 끌고 간다

수신이 되지 않는 유선 전화기를 들고
내가 개를 끌고 간다

문제가 되면 주인이 서로 나타난다

한쪽 끝에는 코스모스가 피어서
한쪽 끝에는 아보카도가 열린다

개와 나를 끌고 가는 도로를 서로 달린다

귀 모양의 낙엽을 밟으면 바스락거리는 소리가 쏟아져서
발 두 개를 서로 가진다

지나치게 길고 지나치게 둥근 수풀이
눈을 가늘게 뜨고 재미있다

이쪽에서 보면 1층인 곳이
다른 쪽에서 보면 3층 같기도 하고

문제가 되면 주인이 서로 나타난다

흘러내리는 양말을 끌어올리려고 보니
여섯 개의 발을 내민다

구불거리는 전화선이 긴밀해지려고
서로 길어진다

불발

추워서 몸을 구부려 추위에 닿는다 허기져 몸을 구부려 허
기에 닿는다 어느 날 조그만 포구에서 그물코를 깁고 있던
어부의 자세로 최대한 몸을 둥글게 기울여서 더러운 바닥에
눌어붙은 얼룩에게 닿는다 냄새나는 욕조에 눌어붙은 땟자
국에 닿는다 어느 날 조그만 포구에서 오래 바라본 그물코
를 깁고 있던 늙은 어부의 자세로 등이 활처럼 둥글어지면
곧 튕겨 날아갈 듯이 아, 이까짓 것들 하고 팽개치려고 아주
멀어져 폭발하려고 더 작게 수축하고 수축해서 이까짓 것들
에게 닿는다 이까짓 것들에게서 멀리 달아나려고 최대한 몸
을 웅크린다 폭발한 살과 피와 뼈를 재조립할 듯이 이까짓
것들에게 거의 읍소하는 자세로 닿는다 가시흰새우처럼 정
교하게 휘어져서 폭발하려고 어제 같은 오늘 말고 오늘 같
은 내일 말고 멋진 디데이에 최대한 최소한의 자세를 획득
한다 둥근 등, 휘어진 등을 등지고 보이지도 않는 사랑에게
최대한 최소한의 자세로 팽창하려고

외모

사차선도로를 닦아놓고 얼굴이라고 했다 장미꽃을 꽂아
놓고 얼굴이라고 했다 서문을 써놓고 얼굴이라고 했다 밤을
새워 준비했지만 얼굴을 밟고 가는 날은 누구도 말이 없었
다 얼굴을 밟고 갔지만 아무도 얼굴인 줄 몰랐다 얼굴은 들
고 다니는 거라고 했다 얼굴을 밟고 가면서 똑바로 얼굴을
들라고 했다 모든 사람이 얼굴을 들고 사열을 했다 사차선
도로를 들고 사열을 했다 장미꽃을 들고 사열을 했다 서문
을 들고 사열을 했다 얼굴은 이렇게 손에 들고 다니고 옆구
리에 끼기도 하고 어깨에 둘러멜 수 있다고 했다 얼굴을 들
어올렸지만 굴러떨어졌다 한꺼번에 들어올린 얼굴은 얼굴
끼리 부딪혀 굴러떨어졌다 바닥에 있는 것은 얼굴이 아니라
고 했다 외모는 충분히 갖췄는데 얼굴이 아니라고 했다 얼
굴을 타고 비가 흘러내렸다 사차선도로가 젖고 있었다 젖은
얼굴이 찢어지고 있었다 얼굴이 찢어지는 것은 얼굴이 아
니라고 했다 장미꽃을 꽂아놓고 얼굴이 아니라고 했다 서
문을 써놓고 얼굴이 아니라고 했다 감출 수 없는 것은 얼굴
이 아니라고 했다 닦을 수 없는 것은 얼굴이 아니라고 했다
두 손이면 충분하다고 얼굴을 들었다 명백히 안면을 몰수
한 얼굴이라고 했다 얼굴은 맡기는 거라고 했다 눈 깜빡하
는 사이에 얼굴은 모르는 것이라고 했다 자라목 위에 그의
얼굴을 올려놓고 그녀의 얼굴이라고 했다 자라목 위에 다수
의 얼굴을 올려놓고 내 얼굴이라고 했다 두 손이면 충분하
다고 얼굴을 가렸다

궁지의 세계

— 바다에 가고 싶어, 라고 말하고 나면

식탁의 가장자리로 떠들썩한 오찬의 오물들을 쓸어서 입에 담았다. 입을 열지 않는다면 아름다운 일이 되곤 했다. 속력을 내서 달렸다. 물을 쬐려고 물가에 앉아서 계속 가고 있는 기분을 냈다.

이대로 가면 궁지라는 것을 알았다. 다행히 모든 것이 파랗다. 이 푸른색 좀 봐, 그럴 줄 알았다는 듯이 파랗고 알고 있었는데도 놀랍다는 듯이 파랗다.

몇몇은 젖은 채 늘어나기만 하는 해변을 잡고 고무줄뛰기를 하고 있었다. 한쪽 발은 모래 속에 한쪽 발은 바닷물에 담그고 가랑이놀이를 하면 두 개의 세계가 발랄해졌다.

허구적인 구조의 구름덩이들과 오래된 밀랍처럼 낡은 갈매기들과 무거운 파랑을 쏟으려고 기우뚱거리는 바다……손에 쥐려고 한 건 아닌데 궁지에 몰린 사람처럼 세계의 끝에 서 있었다.

비둘기

　무심코 가방을 던졌는데 비둘기가 되어서 돌아온다 무심코 손바닥을 던졌는데 비둘기가 되어서 돌아온다 얼마 못 가서 돌아온다 날개가 있는 줄 몰랐다는 듯이 돌아온다 날개가 맞는지 접어보려고 돌아온다 갑자기 날았기 때문에 돌아온다 바닥에 떨어진 비둘기들을 아무도 안 주워가서 돌아온다 방금 조립한 상자처럼 떠다니다가 돌아온다 방금 해체한 상자처럼 날개를 접고 돌아온다 이 상자 안에 무엇이 들었을까요, 옛날 퀴즈를 내면서 돌아온다 이제 상자 안에는 사과가 들었거나 모자가 들었거나 구두가 들었다고 생각되지만 나는 절대 상자 속에 비둘기를 넣을 생각이 없다 상자 속에 비둘기를 넣어서 상자를 돌볼 생각이 없다 상자를 접었다 폈다 하면서 리듬을 맞출 수가 없다 비둘기가 꽃봉오리처럼 네 머리 위에 앉아 있어도 나는 폭탄이라고 생각하지 않는다 비둘기는 옛날부터 비둘기 나는 비둘기에서 생각이 멈추어 있다 나는 비둘기에 중독되어서 비둘기 날리기 놀이를 하고 있다 무심코 책을 던졌는데 푸드덕거리며 날아갔다 날개가 있는 줄 몰랐다는 듯이

이름이 뭐지?*

네가 주인공이라서 읽었는데 이름을 모른다

너는 가족들 사이에서 어린애 취급을 받기 때문에 엄마의
저녁 키스가 필요하다

이름이 뭐지? 사랑할 때 필요한 것 중에 하나 아니면 전부

어린 철학자여, 쉰 살 전에 발베크는 금물, 그것도 심장
상태에 따라서라고 뱅퇴유가 말했지만 뱅퇴유의 딸이 더 빨
리 다가왔지

이름이 뭐지, 중학생인 주제에 장밋빛 아가위꽃을 붙잡고
울 수 있는 서정은 앞으로 크게 확장할 것이다

메제글리즈 쪽과 게르망트 쪽으로 왔다갔다하는 산책로
가 끝없이 가버린다는 것을 곧 알 것이다

너는 작가이거나 철학자로 불리지만 나는 너를 사랑할 때
불편하다, 이름이 뭐지?

소설은 이미 삼분의 일을 맛본 사과처럼 한 무더기 맛에
길들어간다

도대체 네 이름은 언제 호명되나, 나 말고 너 말이다

산책길에서 만난 한련초, 수련, 아가위, 재스민과 꼬까오
랑캐꽃, 마편초들과 이리네 고모, 아돌프 조부, 프랑수아즈,
껍질 벗기는 부엌데기, 아름다운 엄마와 아버지, 베르고트,
게르망트, 질베르트 한 다발의 이름들은 통째로 먹는 무화
과처럼 물컹물컹하고 달콤하고 활짝 핀 적 없는 수백 송이
꽃을 씹는 기분

이름이 뭐지? 아니면 계급이라도

너는 사소하고 사소한 꽃잎과 꽃잎을 구별하는 눈
너는 사소하고 사소한 낮과 밤 사이를 느끼는 감각
너는 사소하고 사소한 창문과 덧문을 감각하는 날씨
수줍음이 많은 소년처럼 여인의 방을 엿보거나
마로니에 아래에서 점점 책을 읽다가 사랑에 빠지는 감기
이름이 뭐지? 사랑할 때 필요한 것 중에 하나 아니면 전부
나는 사실과 허구를 분간하는 것만으로 감각의 고투를 앓
는다
열 손가락에서 느끼는 감각이 혈연적이어서 이름이 필요
하다
곤충채집의 목록처럼 손가락 하나하나 불러보고 싶은 이
감각의 너는 뭐지?

* 마르셀 프루스트의 『잃어버린 시간을 찾아서』에 기술된 인명과 지
명, 꽃 이름을 인용했다.

층층나뭇과에 닿으려면

그는 사다리를 들고 와서
제 키보다 높은 천장에 닿았다
그는 들통을 들고 와서
제 손바닥보다 넘치게 무엇을 담고 있다
거기서 뭘 수확하는 거예요?
산딸나무나 아가위나무 같은 거
내 키보다 높은 곳에 있는 것들은
아름다워 보이고 고귀해 보여서
그런 층층나뭇과에 속하는 것들은
사다리를 들고 오는 그를 위하여
꽃이 필 때마다 층계를 밟고 더 높이 올라간다
1층에는 벽지를 바르고
2층에는 사다리를 세운다
3층에서 열매를 키우고
4층은 또 분실했다
1층에는 기둥만으로 가능하고
2층은 제 키보다 높은 사다리를 위하여
3층으로 올라간다
사다리를 타고 올라가는 사람들은
손에 넣기 힘든 것을 향해 손을 뻗는다
아름다운 것, 고귀한 것
산딸나무 열매나 아가위 열매 같은 것
제 손바닥에 넘치는 것들을

플라스틱 들통에 담는다
그런 층층나뭇과에 속하는 열매 같은 것들
1층에서 찢어낸 벽지 같은 것
2층에서 뽑아낸 못 같은 것
3층에 매달린 샹들리에나 샤워기 같은 것
길지 않고 그리 넓지 않은 것
빨갛게 익은 열매 같은 것들
4층에서 잠깐 사라질 수도 있고

거의 난초

거의 그렇다는 말은 거의 그렇지 않다는 말이다 거의 난초가 만발했을 때 난초는 난초가 시들하고 행복하니? 라고 네가 물어서 나는 행복하다고 말했다 푹신한 소파가 있어서 행복하고 달콤한 초코케이크가 있어서 행복하고 하루종일 놀 수 있어서 행복하고 밤에 일하러 가서 행복하다고 말해서 나는 거의 행복하지 않았다 열두시는 열두시가 시들해서 곧 열두시를 지나가고 오르가슴은 오르가슴이 시들해서 다시 열망하고 거의 다 됐다는 말은 거의 다 될 수 없다는 말이다 거의로 지연하면서 거의로 붙들어두면서 거의로 힐끔거리면서 나는 거의 나답지 않을 것이다 나는 나라고 했을 때 미끄러질까봐 나는 바로 지금이 나라고 했을 때 시들해질까봐 나는 거의 나를 알지 못했다 나는 거의 나를 그리워했다 나에게 매달리면서 나에게 칭얼대면서 나는 거의 나를 방전했다 나는 거의 바닥에 다다랐지만 나는 거의 그렇지 않았다 난초는 거의 시들었지만 난초는 거의 그랬다 그럼 불행하니? 라고 네가 물어서 나는 그렇다고 말했다 푹신한 소파만 있어서 불행하고 달콤한 케이크만 있어서 불행하고 하루종일 놀기만 해서 불행하고 밤에 일하러 가서 불행하다고 말해서 나는 거의 불행하지 않았다

패턴

계란 한 판에 서른 개의 사시가 있다 계란 한 판에 서른 개의 불안이 있다 연속적으로 사거리를 마주치는 날의 어리둥절처럼 위로 아래로 오른쪽으로 왼쪽으로 방향을 결정하지 못한 눈알들이 굴러다니는 서른 개의 방들이 있다 팔꿈치가 부딪히지 않게 옆으로 양팔을 벌리면 손끝이 닿을락 말락 한 위치에서 유리창을 깬 사람이 누군지 모르는 아이 하나가 서른 개 있다 이마와 뒤통수가 부딪히지 않게 앞뒤로 줄을 선 위치에서 대문을 부순 사람이 누군지 모르는 어른 하나가 서른 개 있다 올 때까지 기다리고 있을게, 당신이 어디에 서 있든 사거리에서 오른쪽 건널목을 건넌 날은 계속 오른쪽으로 사거리를 건너고 싶은 마음이 다음 사거리에서 당신을 기다리고 있다 우리는 계속 만나러 가고 있고 우리는 계속 헤어지지 않고 있다 불안하니? 이건 껍데기가 있어서 깨지는 것이다 나는 난처한 불안을 끌어안고 공격적인지 방어적인지 모를 자세를 취하고 있다 깨지기 위해서 깨지지 않으려고 사방연속무늬가 흐르는 방에서 불안의 내용물을 굴리고 있다

미끄럼틀

나는 엉덩이를 밀지 않고 미끄러진다

나는 엉덩이가 미끄러지는 속도로 미끄러진다

나는 재빨리 미끄러지는 엉덩이를 떠받치느라 미끄러진다

나는 추락하는 순간에 도구의 즐거움을 미끄러진다

엉덩이가 미끄러질 때 낯은 짓이겨져야만 미끄러진다

엉덩이는 기분을 위해 하강 놀이를 미끄러진다

놀이는 반듯하게 미끄러지며 기분을 미끄러진다

엉덩이가 긁히지 않도록 낯을 연마하며 미끄러진다

놀이가 낭떠러지를 맛보려고 낯을 숫돌로 갈며 미끄러진다

낯이 닳고 닳으며 마지막 놀이를 지연시키며 미끄러진다

너는 나 때문에, 너와 함께 일방통행으로 나는 미끄러진다

나는 미끄러운 나의 단점을 미끄러뜨린다

너는 나의 단점을 끌어올려 미끄러뜨린다

낯이 짓이겨지며 엉덩이를 짓이길 때 미끄러진다

킥킥도 미끄러지고 후후도 미끄러지고 모래도 미끄러진다

의식보다 빨리 미끄러진다

무의식보다 빨리 미끄러진다

의식의 흐름보다 빨리 미끄러진다

나는으로 시작하는 문장이 의식을 타고 미끄러진다

너는으로 시작하는 문장이 무의식을 타고 미끄러진다

의식의 흐름을 타고 기분이 모래알처럼 흩뿌려지며 미끄러진다

우리의 문장은 다른 곳을 기웃거리지 않고 흐르면서 미끄러진다

하강 놀이로 상승하는 효과를 즐기는 것을 미끄러진다

가장 높은 지역에서 낮이 추락하는 것을 미끄러진다

가장 높은 지역을 또 선택하려고 미끄러진다

나는 미끄러지며 바닥의 각도를 미끄러진다

너와 나의 체위를 바꾸어서 또 미끄러진다

누가 미끄러지는지 모르고 재차 미끄러진다

기분은 절대 미끄러지지 않으려고 미끄러진다

미끄러진다는 무한 신뢰가 미끄러진다

상승을 전제하는 추락을 미끄러진다

둘 중에 둘 다 순식간에 엉덩이가 되는 기분을 만끽하려고 미끄러진다

순식간에 한 덩어리의 엉덩이가 미끄러진다

너는 낮을 뭉쳐서 기분을 미끄러뜨린다

나는 잘 모르는 각도로 근육을 미끄러뜨리는 데 헌신하고 있다

나는 너를 미끄럽다고 느낀다

밤의 낮이 뭉쳐진 엉덩이를 타고 내려와 모래알처럼 흩뿌려진다

빗방울이 깨어진 엉덩이를 너처럼 미끄러진다

미끄러지다가 낮이 되어도 미끄러진다

나는 너를 밀지 않고 미끄러진다

낮은 엉덩이를 밀지 않고 미끄러진다

낮은 나를 붙들지 않고 미끄러진다

너는 미끄럼을 타고 틀을 반들반들 닦으며 미끄러진다

낮과 미끄러지고 엉덩이가 혼자 턴다

일부

　자려고 누웠는데 누가 휙 던져올린 돌멩이처럼 일부가 떠오른다 메모장을 열어 일부를 받아놓고 잠이 들었다 다음날 메모장을 열어보니 전부 다 있는데 나머지는 보이지 않는다

　식탁 위에 전부 늘어놓는다
　식탁이 차지 않는다

　두 개의 접시에 나누어 담고 조금 남아서 빈 화분에 심어놓고 물을 주었는데 삐죽 코끝이 튀어나온다

　일부는 구겨지고 펴지면서 팔이 되고 일부는 쪼글쪼글해지다가 단단해지면서 손톱이 되면 좀더 쉽게 알아볼 수 있을 것이다

　식물이 짖으러 가는 동물처럼 기어나오기도 하고

　동물이 식물 자세로 아침의 어깨를 추어올리기도 해서

　더덕이라면

　지난해에는 죽은 구름을 기어오르다가 추락하고 지지난해에는 담장을 넘다가 겨울이 되었지만 지금은 고민하는 사람처럼 제 주위를 빙글빙글 돌고 있다

더덕이 아니라면

돌멩이처럼 단단하게 뭉친다 꿈속으로 던져서 잠을 깨트
린다

지금은 가고 있다

나는 지금 자전거에 있다 자전거는 열심히 뇌를 굴리고 있다

앵초라고 할 수 없는 분홍이 한없이 분홍에 가까워지거나 분홍에서 멀어지면서 분홍을 유지하고 있다고 한 덩어리의 앵초를 지나가면서 생각하는 것은 두 바퀴밖에 없다

장소는 없고 장면이 있다

자전거는 지금 분홍 구름 같은 곳을 지나친다 분홍 구름 은 어디서 멈출지 몰라서 따라오고 있다 흩어지고 모이면 서 전적으로 뇌로 이루어진 편이라서 계속 움직이고 있다

지금이 너무 좋아, 라고 말해도 지금은 보여줄 수 없다는 말이었다

두 바퀴는 지금 각자 다른 곳에서 가고 있다 나는 어디인 지 모르는 지금 자전거에 있다

자전거는 뇌가 다 엉기도록 굴리고 있다

정오의 시소

정오가 오른쪽 왼쪽으로 두 팔을 벌리고 있다 정오에서 멀어지는 내가 시소를 타고 있다 절정이 어디일까 오르락 내리락 절정을 겉도는 내가 시소를 타고 있다 나는 언제 부패할까 시소는 한 팔에 나를 하나 더 얹는다 오른팔이 기운다 바닥을 팔려고 한다 한 팔에 나를 하나 더 내린다 절정에 가서 몸을 놓고 올까봐 바닥이 세차게 발을 굴려 나를 끌어내린다 나는 언제 부패할까 이쪽과 저쪽에서 과열되지 않고 식어버려서 진행이 더 빠르다 부패가 보이지 않는다 부패가 멈추지 않는다 몸이 나를 만나려면 두 팔을 늘어뜨려야 할 것이다 두 팔이 자꾸 엇갈리고 있는 정오는 부등식의 세계를 입증하고 있다 정오는 정오 전과 정오 후를 입증하고 있다 나는 들어올려지고 내려놓아진다 시소는 정오를 긴장하고 있다 오른팔과 왼팔을 번갈아가며 정오의 단추를 조절하고 있다

풀숲

　한 점 풀을 바라보고 있었다 이 풀을 어떻게 할까 생각하면서 한 점 풀을 바라보고 있었다 풀은 미풍에도 한들한들 동요하고 있었는데 한 점에 머물러 있을 뿐이었다 한 점 풀을 바라보고 있는 동안 한 점 풀이 불어났다 내 눈 속 한 점에서 다른 한 점으로 불어났다 미풍을 의심하는 동안 한 점 풀이 동공을 뚫고 올라왔다 눈에서 한 점풀을 뽑는 동안 한 점 풀이 발바닥을 뚫고 올라왔다 죽는 순간에도 조직의 얼굴을 모르는 점조직의 일원처럼 한 점 풀은 모르는 채 불어났다 한 점 풀은 뽑히면서 불어났다 점은 이동하지 않고 불어나는 것이고 자라지 않고 우거지는 것이라고 한 점 풀이 불처럼 번졌다 모르는 채 바랭이풀이 바랭이풀끼리 모여 있었다 모르는 채 쑥대가 쑥대끼리 모여 있었다 한 점 풀은 자라고 자라서 선분이 되지 않고 불길에 휩싸이듯이 점점 풀숲이 되어갔다 눈이 풀숲에 가려졌다

5호는 어디입니까

5호는 어디입니까라고 물으신다면 4호가 없기 때문입니다 이해할 수 없는 점이 마음에 드는 5호는 어디입니까 숫자의 배열로 찾기 힘든 5호는 아마도 당신과 나 사이에 있는 것 같습니다 아마도 내 뒤에 있는 걸까요 하필 내가 그 문 앞에 서 있기 때문에 나는 어떤 것을 숨길 수 있습니다 아, 나는 이 방이 내내 필요하지 않은 이방인입니다 길과 벽 사이면 충분하므로 잘 곳이 필요했습니다 4호는 영영 돌아오지 않을 것이므로 5호는 찾기 힘듭니다 4층에서 우리는 영영 사라질 수 있으므로 5호는 절실하게 필요합니다 당신과 나 사이에 있는 것은 무엇입니까 벽과 벽 사이에 끼어 있습니다 오렌지와 밀감 사이에 끼어 있습니다 나비와 날개 사이에 끼어 있습니다 전등과 천장 사이에 끼어 있습니다 벽장은 벽이 필요하지만 나는 기댈 벽이 필요합니다 액자는 벽이 필요하지만 나는 가릴 수 있는 벽이 필요합니다 거울은 벽이 필요하지만 나는 탕탕 칠 벽이 필요합니다 대여한 시간이 지나면 소멸하는 문제입니다 4호가 없기 때문에 5호를 하염없이 기다립니다 이 불을 좀 꺼주신다면 모자를 벗고 후드티를 벗고 찾아보겠습니다 이해할 수 없는 점이 마음에 듭니다

해설

대상-너라는 혁명, 항상 재개(再開)하는 시

조재룡(문학평론가)

123

어떤 시는 발생하고, 어떤 시는 분기한다. 그리고 어떤 시는, 항상 (다시) 착수한다. 생각의 지류에서 흘러나온 말로 대상-사물을 포섭하려는 순간, 어떤 시는 대상이 부정되는 상태, 대상의 부재에 이미 도달한다. 의미는 홀로 대상의 자리를 타진하지 않는다. 의미는 항상 부족하거나 넘치는, 근사치의 의미일 뿐이기 때문이다. 그러니까 의미는, 항용 말하듯, 자의적이다. 낱말이, 문장 하나가 저 홀로 세울 수 있는 의미는 그 어디에도 없다. 말이 오롯이 표상하는 존재나 대상도 존재하지 않는다. 그러나 의미를 지운다는 말은, 그 자체로 말이 되지 않는다. 의미는, 말이 서로 부딪치면서 미끄러짐을 수행하는, 그러니까 오로지 의미를 추구하는 과정 자체로서의 의미일 수밖에 없기 때문이다. 의미가 역사적 토양 위 시간 속에 켜켜이 쌓인 기억의 산물인 것은 이 때문이다. 의미는, '의미'이기 이전에 벌써 '의미-형식'이다. 조말선의 시는 일사불란한 장소와 그 위치를 소략하지 않는 말을 고안하는 데 전념하고, 말과의 관계를 맺는 지점으로 파고들어, 현실에서 다른 현실을 사유하고자 고안 자체로 의미의 절차를 이루어내는 경쾌한 언술로 대상을 (다시) 뜯어내고, 대상의 현실을 실천으로 만들어내며, 타자를 새로이 사유한다. 어느 한편으로 갈라선 의미의 단일하고 일정한 거점을 취하고, 의미의 원근을 폐지하며 통념의 한복판을 무지르는 새로운 말과 그 운동에 따라 배치된 낯선 질서를 두둔하며 조말선의 시는, 아직 도달하지

않은 미지의 세계를 기입하는 순간의 사건을 발화의 운동
으로 전환해낸다.

발생의 구조-점과 점점의 순간

> 이해할 수 없는 점이 마음에 듭니다
> ―「5호는 어디입니까」

결정된 사물들은 이제 결정되지 않은 것을 기다린다
컵, 접시, 안경, 구두 말고 다른 것
굳혀진 것 말고 말랑말랑한 것
형광등빛 말고 안개 같은 것
곧 사라진다면 다시 또 안개 같은 것
컵들이 모여서 컵들이 퍼져나간다
컵이 된 이후로 퍼져나간다
접시들이 모여서 접시들이 쌓인다
쌓이는 접시들은 결정을 보류한다
쌓이고 쌓여서 결정할 수 없는 사물이 되어
접시 이외의 것이 된다
컵을 보기 위해 컵을 진열한다
한 개의 컵을 지우고 두 개의 컵을 지우고
단 하나의 컵이 될 때까지

네 개의 컵을 지우고 다섯 개의 컵을 지운다
지운 컵들이 접시처럼 쌓인다
결정된 사물들은 결정되지 않은 것이 되어보려 한다
정오의 커튼 틈으로 새어들어온 빛처럼
순식간의 순간을 넘어
구름들은 흩어져서
바람은 흔들려서 결정되지 않으려 한다
흩어지기 위해 뭉쳐본다
멈춘 적이 없는 구름은 순간의 이름이다
구름이라고 부르는 순간
구름은 결정되지 않으려고 부서진다
쌓이는 접시처럼 점점

—「점점 구름」 전문

    대상은 왜 깊이와 외양을 동시에 갖는가? 대상이 존재하는 것은 깊이와 외양이라는 이중의 요청을 '현재'라는 시간에서 충족시킬 때다. 대상이 '현존'한다는 것은 현재라는 시간의 좌표에서 깊이, 그러니까 역사-과거를 머금은 채, 지속, 즉 미래를 향해 개방되어 있다는 것을 의미한다. "결정된 사물들은 이제 결정되지 않은 것을 기다린다"는 것은 대상이 존재하는 데 요구되는 이 이중의 조건을 말한다. 현존은 과거 새겨진 깊이의 흔적을 보존하고 있는 대상("결정된 사물들")을 현재, 즉 지금-여기("이제")의 외양으로 기입하는 것이기 때문이다. '현재'는 부동의 시간이 아니라, '지금 부터'라고 우리가 말할 때처럼, 미래를 향해 열려 있는, 지속을 견인하는 시간이며, 따라서 외양 역시, 고정된 부동의 물체가 아니라, "군혀진 것 말고 말랑말랑한 것"처럼, 변화의 외양, 즉 변화 속에서만 표상되는("컵들이 모여서 컵들이 퍼져나간다") 외양이다. 이 두 조건 중 깊이를 놓치면 뒤편에서 빛을 비추어 너울거리는 대상의 그림자만을 볼 뿐이며, 외양을 누락하면 변화의 요로에 있는 미래의 가능성을 깊이의 포화로 채울 뿐이다. 동일한 구조임에도 서로 다른 외양을 갖는 대상(가령 도넛과 컵처럼, 동일한 구조임에도 다르게 표현되는, 그 구(球)와 위상(位相)이 서로 같은 도형)도 있으며, "결정을 보류"하는 대상, 즉 "쌓이고 쌓여서 결정할 수 없는 사물"이 되는 경우도 있다. 시인은 "컵을 보기 위해 컵을 진열"하고 "단 하나의 컵이 될 때까지" 진열된 컵들을 계속 지워나간다. "단 하나의 컵이 될 때까지" 지워낸 컵들은 '결정을 유보하는' 컵들이며, 이것들은 모여 서로 포개어지며("쌓이고 쌓여서") "쌓이는 접시", 즉 쌓이는 과정과 행위를 머금은 대상이 된다. "순식간의 순간을 넘"어서면서 대상은 "접시 이외의 것"으로 번져나가며 무정형의 무엇, "구름"이나 "바람"처럼 "흩어"지거나 "흔들려서" 지반을 갖지 않는 것들이 되어보려("결정된 사물들은 결정되지 않은 것이 되어보려 한다")하며, 이윽고 "쌓이는 접시처럼 점점" 견고한 '점'과 '점'이 될 때까지 변화한다. "멈춘

127

적이 없는 구름"은 오로지 "순간의 이름"만 부여받을 뿐이
다. '구름'이라고 명명하면 대상은 부정되는 상태에 진입하
는데, 이는 대상이 존재를 언어로부터 보장받는 것이 아니
기 때문이다. 하늘로 눈을 들어 지금 보이는 것에 '구름'이
라는 이름을 붙여보자. '구름'이라는 이름은 지금-여기 우
리가 올려다보고 있는 무언가를 강압적으로 전유한다. 이름
을 붙여도, 명명해봐도, 존재는, 대상은, "구름은 결정되지
않으려고 부서"질 뿐이다. 대상의 있는 그대로가 드러날 때
까지 "쌓이는 접시처럼 점점"의 순간, "백 개의 주어가 훼
손하고도 훼손되지 않은 채", "천 개의 열쇠가 훼손하고도
훼손되지 않은 채 보관되어"(「대상들」) 있는 순간, '점'으로
화(化)하는 "점점"의 점층적인 순간을 시는 "무용과 침묵을
마치는 최초의 언어"(「심야식당」)로 구현한다.

　　가까운 곳의 양배추는 크고 먼 곳의 양배추는 점점 작
　아져서 실감이 났다

　　무려 점으로 추측되는 거리가 되었을 때 탄성이 새어
　나왔다

　　멀어지는 명아주가 풀이 죽고 있었다 멀어지는 라벤더
　가 풀이 죽고 있었다 멀어지는 셀러리가 풀이 죽고 있었다

명아주를 따라 바람이 풀이 죽어갔다 라벤더를 따라 바람이 풀이 죽어갔다 셀러리를 따라 바람이 풀이 죽어갔다

내가 풀이 죽어가는 것을 네가 바라봐주면 아름다울 것이다

무려 점으로 추측되는 거리가 되었을 때 네 탄성을 자아낼 수 있을 것이다

비는 점을 자라게 할 수 있다고 했다

그러면

소리쳐야 할 이름이 길어져서 목이 쉬게 될 것이다
　　　　　　　　　　　　　　　　　—「위치」 전문

원근에 의한 크고 작음의 측정은 그러니까 익숙한 감각 속에서의 측정이다. "가까운 곳의 양배추는 크"다. 아니, 크다고 '느낀다'. '크다'는, 대상에 부여된 주관적인 판단이다. 이에 비해 "먼 곳의 양배추는 점점 작아져서 실감이 났다"고 시인은 말한다. "점점 작아져서"는 거리를 나타내는 동시에 '점'과 '점'으로 표시될 모종의 상태도 제시한다. 따라서 '실감'은, 실제로 체험하고 있는 생생한 느낌이지만, 판

단이 제거된 과정에서 탄생한 사실성도 고지한다. 감정이 덧입혀진 '양배추', 그러니까 대략 머리통 크기의 사물이 펜으로 찍어놓은 점처럼 되는 이유를 "점점 작아져서"라고, 또한 그 결과를 "실감이 났다"라고 기술했다는 점에 주목하자. '조금씩 더하거나 덜해지는 모양'을 뜻하는 첫 행의 부사 "점점"은 다음 행에서 실사 "점"(點)이 되고, 그 술부 "실감"은 예상보다 더 많거나 심한, 즉 '더하다'를 뜻하는 다음 행의 "무려"("무려 점으로 추측되는 거리")로 되살아난다. 말과 말이 어우러지며 행위를 수행한다. "멀어지는 명아주가 풀이 죽고 있었다 멀어지는 라벤더가 풀이 죽고 있었다 멀어지는 셀러리가 풀이 죽고 있었다"도 매한가지다. '명아주가 멀어지면서 (명아주의) 풀(그러니까 흔히 '숨'이라고 하는)이 죽고 있었다'를 뜻하는 문장이거나 '멀어지며 명아주가 죽고 있었다'와 (명아주와 별개로) '풀이 죽고 있었다'를 이식한 한 형태의 문장이다. '명아주의 풀이 멀어지며 죽어가는 상태' 혹은 '명아주와 풀이 멀어지면서 까만 한 점으로 수렴되며 죽어가는 순간'은 대상에 덧입혀진 주관성이 사멸하는 과정, 그러니까 대상에 부여된 통념에서 대상이 탈피하는 순간이다. 대상이 탈주관화된 '점'과 '점'을 서로 잇듯, 점과 점은 "점점" 접점을 이루며, 대상이 머금고 있거나 대상이 드러내는 것이 동시에 지워지는 과정, 그렇게 대상 자체가 오롯해지는 순간, "내가 풀이 죽어가는 것"을 "네가 바라봐주면 아름다울 것"이라며, '나'와 '풀'이 죽어가는 것, 혹은 '나'의 '풀'(흔히 '기세'라고 하는)이 죽어가는 과정에서 내가, 풀이, "무려 점으로 추측되는 거리가 되었을 때"만 오로지 "네 탄생을 자아낼 수 있을 것"이라고 시인은 말한다. "점"은 "이동하지 않고 불어나는" 점, "자라지 않고 우거지는"(「풀숲」) 점이다. "죽는 순간에도 조직의 얼굴을 모르는 점조직의 일원처럼", "모르는 채"(「풀숲」) 불처럼 번져날 뿐이다. 점으로 수렴되는 이 죽어가는 순간은 대상이 가장 오롯한 존재가 되는 대상의 탈주관화 순간, 대상의 '있음'이 폭발하는 순간이다. 이 순간은 "흰 종이도 검고 검은 종이도 검"(「너와 바닥」)어지는 순간이며, 대상이 이름을 갖지 않는 순간, 대상에 부여된 이름이 없어지는 순간, 덧씌워진 의미-판단-이데올로기에서 벗어나 대상이 그 자체로 오롯해지는 순간이다. 그 순간, 내가 목이 쉴 정도로 "소리쳐야 할 이름이 길어"질 거라고, 그렇게 될 '것이다'라고 말하며, 불러야 할 이름에 바로 이 점으로서의 '너'를 기입한다.

나-너-나의 발명

> 당신과 나 사이에 있는 것은 무엇입니까
> ─「5호는 어디입니까」

1.

추락할 수 있을 만큼

허공으로 나를 민다

2.
나는 지금 너만의 이인칭이다

너와 둘이 마주보는 세계가 시소시소 불안하게 삐걱거린다

보고 있는 구름과 본 구름이 번갈아 삐걱거린다

텅 빈 자리가 한 개, 두 개, 세 개…… 하루종일 보고 있으면 셀 수 없이 비어간다

3.
허공이 나를 매달고

가장 깊은 방으로 추락하려고

아무도 없이 나를 민다

  '그네'가 아닐까? (내가 그네에 올라탄다.) 나를 허공까지
민다. (내가) 높이 솟는다. 정확히 다시 내려올 수 있을 만큼
만 도달한다. 정점의 최대치에 올라 도로 내려올 수밖에 없
는 순간을 "추락할 수 있을 만큼"이라고 말한다. 여기까지
1이다. 그러니까 일인칭이다. 이제 '시소'일 것이다. 시소는
양끝에 둘이 앉아야 움직인다. 그러나 시소가 '되었다'는 것
이지, 누군가와 함께 시소의 양끝에 '앉았다'는 것은 아니
다. "나는 지금 너만의 이인칭"이라고 했기 때문이다. 다시
말해, 나는 '너'라는 이인칭이 아니라, 오로지 너인 나, 너만
이 (가지고 있는) 이인칭인 것이다. 말하자면 그것은, 너의
너, 그러니까 결국에는 '나'이지만 타자인 '나', '너'인 '나',
'나'인 '너'다. 그래서 "너와 둘이 마주보는 세계"는 기묘하
다. 너와 나, 각각이 차지하고 있는 시소의 양 끝에서 서로
를 대상으로 삼아 너와 나 각자가 마주보고 있는 상태가 아
니기 때문이다. 타자인 너와 내가 서로를 보는 것이 아니라,
나의 타자, 내 안의 너, '나'가 바로 이런 '너'가 되어 '마주'
보고 있는 것이다. "불안하게 삐걱거린다"의 주어는 "너와
둘이 마주보는 세계"이며, 시소의 움직임처럼 '너가 되어
내가 마주보는 나'가 "불안하게 삐걱거"리는 것을 말한다.
그런데 이 전치는 어딘가 이상하다. 단순하게 시점을 바꿔
대상과 주체가 역할을 교체했다는 것으로는 설명되지 않는

다. 오히려 보고 있는 주체가 보는 대상이 되는 동시에 보여지고 있는 대상이 보고 있는 주체가 되었다는 게 옳아 보인다. 그래서 이 불안은 "시소시소"의 불안이다. 주체가 대상이 되어 "보고 있는 구름" 그리고 주체와 대상이 분리되었을 때 "본 구름"이 "번갈아 삐걱"거리기 시작한다. 행 사이 사이의 여백은 이와 같은 주체-대상의 "삐걱"거림을 실행하면서 차츰 주체가 비워지며 대상에 기입하는 순간을 주조해낸다. 이 여백 속에서 너와 나의 순간이 폭발한다. 너와 나는 순간으로 폭발한다. 대상의 침묵이 깨지는 동시에 주체가 입을 다무는 순간이다. "내가 가장 내가 되고 당신이 가장 당신이 되었을 때 우리는 지우는 능력을 가"(「spot」)진다. 이렇게 "텅 빈 자리"가 생겨난다. 여기까지가 2다. 너인 나, 둘의 구분이 무(無)화된 이인칭, "셀 수 없이 비워진"2다. 이제 "허공이 나를 매"단다. 아무것도 없다. 구름도 없다. 삐걱거리는 것도 없다. "가장 깊은 방으로 추락하려고" "허공"이 나를 민다. 3이다. "허공"은 더는 내가 밀려나가는 장소가 아니다. 나를 미는 주체다. 나는 다시 추락할 것이다. 그것은 오로지 순간의 사건이었기 때문이다.

나는 착한 사람이 못 되었다 나는 나쁜 사람이 못 되었다 나는 정직한 사람이 못 되었다 나는 단정한 사람이 못 되었다 너는 못된 사람, 이라고 해서 나는 사람을 떠나 식물이 못 되었다 나는 탁탁 간추리면 아귀가 꼭 맞는 복사

지가 못 되었다 나는 몰래 쌓이는 장롱 밑의 먼지가 못 되
었다 나는 셔터를 내리고 꿈을 상영하는 모호한 눈꺼풀이
못 되었다 나는 아침에 일어나서 저녁에 떠나는 행성이
못 되었다 나는 낯선 어촌의 삐거덕거리는 목선이 못 되
었다 나는 삐거덕거리는 목선을 흔들어주는 삐거덕거리
는 파도가 못 되었다 나는 삐거덕거리며 끝내 떨어져나가
지도 붙어 있지도 않은 끈끈한 나사가 못 되었다 너는 삐
거덕거리는 못된 괴물, 이라고 해서 나는 이 괴물을 떠나
삐거덕거리는 관계를 즐기는 낡은 저택의 창틀과 덧문이
못 되었다 나는 창문을 먼저 닫아야 하는지 덧문을 먼저
닫아야 하는지 고민할 사이 없이 갑자기 시작되는 폭우가
못 되었다 이야기는 그런 장면으로 들어가서 줄곧 삐거덕
거리는 창문과 덧문의 관계 때문에 불행에 빠져드는 폭풍
의 언덕의 인물들이 못 되었다 마치 태어나서부터 한 번
도 벗지 않고 겹쳐 입은 듯 마침내 수백 겹의 낡은 치마에
짓눌려 삐거덕거리는 의자에서 삐거덕거리는 대사를 읊
는 삐거덕거리는 노파가 못 되었다 너는 정말 못되게 구
는 인칭, 이라고 해서 아무리 벗어도 죽을 때까지 다 벗을
수 없는 수백 겹의 치마가 못 되었다 너는 못됐다 못됐다
못됐다, 라고 해서 나는 삐거덕거리느라 끝내 죽은 사람
이 못 되었다 나는 끝내 삐거덕거리는 웃음 때문에 훌륭
한 시체가 못 되었다

—「못 되었다」전문

나는 어떤 사람도 "못 되었다", 즉 나는 어느 특성 하나도 갖지 못한다. 누군가 이런 나를 "못된 사람"이라고 부른다. '이르지 못한 상태', 즉 동사 '되다' 앞에 부정부사 '못'이 붙은 '못 된 사람'(그러니까 '되지 못한')이라고 말한 것일 수 있겠지만, 발음상 같은 '못된'(고약한) 사람으로 들렸다. '못 되었다'의 의미가 전이되는 일은 그러나 아직 발생하지 않는다. '나'가 되지 못하는 것이 열거된다. 나는 a가 '되지 못하는' 나, 나는 b가 '되지 못하는' 나, 나는 c[……]가 '되지 못하는 나'이다. "삐거덕거리는 목선"이 "못 되었"고, "삐거덕거리는 목선을 흔들어주는 삐거덕거리는 파도"도 "못 되었"다. "삐거덕거리며 끝내 떨어져나가지도 붙어 있지도 않은 끈끈한 나사"조차 "못 되었다"에 이르러, 이 '되지 못하는 나'가 "삐걱거리기" 시작한다. 기묘한 굴절을 통해 "삐걱거리는"이 "나"를 감염시킨다. '나'는 단순히 되지 못하는 사람이 아니라, '못된' '너'에게 감염되기 시작한다. 의미는 한없이 미끄러진다. 되돌아와 감기고 풀리면서, 새로운 화학 작용 속에 다시 놓인다. "나는 삐거덕거리는 목선을 흔들어주는 삐거덕거리는 파도가 못 되었다"와 같이 중의성이 가중될 뿐만 아니라(1. "나는 삐거덕거리는 ∥ 목선을 흔들어주는 ∥ 삐거덕거리는 파도가 못 되었다" 2. "나는 삐거덕거리는 목선을 ∥ 흔들어주는 ∥ 삐거덕거리는 파도가 못 되었다" 3. "나는 삐거덕거리는 목선을흔들어주는 ∥ 삐거덕거리는 파도가 못 되었다"*, "나는 삐거덕거리며 끝내 떨어져나가지도 붙어 있지도 않은 끈끈한 나사가 못 되었다"처럼, 보다 복합적인 의미의 체계 속으로 진입한다. 다시 누군가 "너는 삐거덕거리는 못된 괴물"이라고 나를 정의한다. '삐걱거리는 무엇이 되지 못한 나'는 결국 '삐걱거리는 나'가 된다. '무엇이 되지 못하는 나'가 아니라, 이제 "못된 괴물"이 되고 만다. "기분이 좋은 내 혀는 내성적이어서 가만히 넣어두고 네 혀를 사용할 때" 그렇게 "내 것인데 네 것이 더 많을 때"(「혀 스토리」) 나는 '괴물'이 된다. "이 괴물을 떠나 삐거덕거리는 관계를 즐기는 낡은 저택의 창틀과 덧문이 못 되었다"에서 의미 체계는 본격적으로 뒤틀리기 시작한다. "제자리가 어디인지 아무도 모르게 되"(「크루아상, 풀, 졸음, 생이가래, 영악」)는 바로 그런 상태가 실현된다. 동일한 요소가 지시한 바를 명시적으로 풀어주거나 받아내는 술부는 이제부터 존재하지 않는다. 말이 말을 잡아먹고, 말이 말을 낚아채며, 말이 말을 향유하고, 말이 말을 통고하며, 말이 말을 예견하는, 그렇게 매번 출발하고 다시 출발하기를 무한히 재개한다. 마치 기본 주제의 선율이 다른 성부들에서 번갈아 모방하며 나타나 고정되지 않은 상태를 이끌고 주제 선율이 계속 되풀이되며 화성을 울려내는 푸가와 같은 문장들이 '못 되었다'와 결합하면서 펼쳐진다. 그 과정에 의해 '나'를 정의하는 '너'에

---

* '‖'는 통사 그룹, 의미의 단위.

삼투되는 '나'만이 남겨진다. 이렇게 "너는 정말 못되게 구는 인칭"이다. 내가 '무언가가 되지 못했다'를 반복하는 너, 내가 '못됐다'고 반복하는("너는 못됐다 못됐다 못됐다, 라고 해서") '너'는 그러니까 '나'가 오롯이 '나'가 되지 못하게 하는 '너'다. '나'를 무엇도 '되지 못하게' 만들고, 나를 '못된 사람'로 만드는 '너'이며, 이런 '너'는, '나' 자신에게 도로 묻는 '나'이다. 그러니까 이 '너'는 동시에 '나'이기도 하다. 아니다. 이렇게 '너'로 인해 다시 구성되는 '나-너'다. 이 이인칭 '너'는 일인칭 '나'와 상호 교환되는 '너'이며, '너'는 '나'에게 말하는 '너', '나'를 되지 못하게 만드는 '너'이면서 동시에 '나'를 수행하는 '너'다. '너'는 말하는 동시에 말해지는 '나'로서의 '너', 부르는 동시에 불리는 '나'로서의 '너'이며, 묘사하는 동시에 묘사되는 나로서의 '너'이기 때문이다. '너'는 읽는 '나'가 되고, 읽는 '나'는 '너'가 되는, 그렇게 "서로 보이지 않는 사람끼리/ 한 조가 되"(「야간조」)어 "두 입술을 열어서 서로의 침을 나누어 가지는"(「열매들」) 이상한 공동체적 교환이 생겨난다. '나'는 '너'로 인해 "삐거덕거리는 웃음"을 흘린다. 이제 '나'는 '너'와 무관하지 않다. 그와 같은 상태에 이른 나를 "훌륭한 시체가 못 되었다"고 시인은 말한다. 그렇게 '나'는 "너와 너와 너"(「크루아상, 풀, 졸음, 생이가래, 영악」), 그러니까 '너'로 인해 다시 사유된 나이며, '나'는 바로 이 '너'의 자격으로 '나'의 고유성을 타진한다.

문제가 되면 주인이 서로 나타난다

> 나는 아무래도 거짓말이다
> ─「씨 뿌리는 나와 불어나는 나」

나는 엉덩이를 밀지 않고 미끄러진다

나는 엉덩이가 미끄러지는 속도로 미끄러진다

나는 재빨리 미끄러지는 엉덩이를 떠받치느라 미끄러
진다

나는 추락하는 순간에 도구의 즐거움을 미끄러진다

엉덩이가 미끄러질 때 낮은 짓이겨져야만 미끄러진다

엉덩이는 기분을 위해 하강 놀이를 미끄러진다

놀이는 반듯하게 미끄러지며 기분을 미끄러진다

(……)

너는 나 때문에, 너와 함께 일방통행으로 나는 미끄러
진다

　나는 미끄러운 나의 단점을 미끄러뜨린다

　너는 나의 단점을 끌어올려 미끄러뜨린다

　(……)

　의식보다 빨리 미끄러진다

　무의식보다 빨리 미끄러진다

　의식의 흐름보다 빨리 미끄러진다

　나는으로 시작하는 문장이 의식을 타고 미끄러진다

　너는으로 시작하는 문장이 무의식을 타고 미끄러진다

　의식의 흐름을 타고 기분이 모래알처럼 흩뿌려지며 미
끄러진다

　우리의 문장은 다른 곳을 기웃거리지 않고 흐르면서 미

끄러진다

—「미끄럼틀」부분

  미끄럼틀에 올랐다. 나는 (높이) 가파른 어디, 미끄럼틀 위에 앉는다. 미끄럼을 탄다. 나는 미끄러진다. 그러나 내가 나를 미끄러트린 것은 아니다. "나는 엉덩이를 밀지 않"았다. 내가 아무것도 하지 않은 상태에서 나는 미끄러진다. 나는 오로지 "엉덩이가 미끄러지는 속도"로만 미끄러질 뿐이다. 미끄럼틀의 경사면이 엉덩이와 접촉면을 가지며 속도를 내기 때문이다. "살이 아니라 살이 둘러싼 속도 때문에 달리는"(「삶」) 것과 같은 이치다. 나는 이 속도에 저항한다. 중력의 힘에 의해 아래로 내려가게 된 "재빨리 미끄러지는 엉덩이"를 멈추어보려 하다가 미끄러진다. 그런데 누가 접촉면을 가지는가? 당연히 "엉덩이"다. "엉덩이"가 미끄러지는 걸 멈추게 하려다가 내가 미끄러진다. 이중 부정이다. 주체와 대상이 교환되고, 수동과 능동의 주어가 자리를 바꾸는 동시에 한꺼번에 미끄러진다. "나는 추락하는 순간에 도구의 즐거움을 미끄러진다"와 같이, 주어-목적어-술어가 '서로' 미끄러진다. "미끄러진다"가 '미끄러짐'을 수행한다. 놀이도, 기분도, 하늘도, 행위도 미끄러진다. 대상도 주체도 미끄러진다. "너는 나 때문에" 미끄러진다. 너와 함께 한 곳에서 한 곳으로 미끄러진다. 미끌거리며 타자와 접점을 찾지 못하는 나의 단점("미끄러운")을 나는 미끄러트린다. 너

141

는 "나의 단점을 끌어올려" 다시 그것을 미끄러트린다. "의식"과 "무의식"은 물론, "의식의 흐름보다"보다도 빨리 미끄러진다. "나는으로 시작하는 문장이 의식을 타고" 미끄러지고, "너는으로 시작하는 문장이 무의식을 타고" 미끄러진다. "기분이 모래알처럼 흩뿌려지며" 미끄러지고, "우리의 문장은 다른 곳을 기웃거리지 않고 흐르면서" 미끄러질 때까지, "누가 미끄러지는지 모르고 재차" 미끄러질 때까지 이 〔미끄러진다〕 × n의 발화 운동은 주체-대상에 덧입혀진 모든 주관성의 흔적을 제거하는 "딱 한 번 시끄러워"(「앞에서 오는 사람」)지는 순간, "순식간에 한 덩어리의 엉덩이"가 미끄러지는 순간을 폭로한다.

이십 분이나 늦은 이유가 무엇이냐면 머리카락들이 너무 시끄러워서 그렇습니다
나는 약속을 지키는데 머리카락들이 말렸어요, 바람이 불었고

—「머리카락들」 부분

대체 기분이 어떠냐고 네가 물었지만 난 물결이라고 했지 그것 같기도 하고 저것 같기도 한데 바로 이것이라고 말해버리면 딱새 같은 충고가 날아올 것 같았거든 이게 파랗게 보이니? 나는 너에게 물었지 글쎄, 라고 대답하는 너에게 그럼 푸르스름하게 보이니? 라고 물었지 아직 새

파랗게 질린 채 남은 것도 있었지 자주색처럼 물결이었으
니까 너는 알 수 없는 표정을 지었지 그런 거라고, 수국의
기분은 멈추지 않거든

—「수국」 부분

꽃 한 송이를 꽂으면 허공이 꽃을 감싸려고 일어섰다 꽃
두 송이를 꽂으면 공간 한 송이가 벌어지는 것을 보고 있
었다 환대가 꼼짝달싹할 수 있는 공간으로 촘촘해진다 완
성작은 마흔 몇 송이의 꽃송이가 마흔 몇 개의 틈 사이에
꽉 끼어 있다 장미와 수국과 작약과 자주달개비가 이루어
가는 것이 한마디로 가능해진다 아무것도 없음으로 이루
어가는 것이 환대일 수 있다는 것에 깜짝 놀란다

—「환대」 부분

거의 그렇다는 말은 거의 그렇지 않다는 말이다 거의 난
초가 만발했을 때 난초는 난초가 시들하고 행복하니? 라
고 네가 물어서 나는 행복하다고 말했다

—「거의 난초」 부분

앞선 문장에서 발생한 것들 중 일부가 다음 문장에서 다
른 요소와 결합할 때, 의미의 층위가 이동되며 새롭게 무언
가를 다시 시작한다. 말이 이미 머금고 있는 것을 이후의 말
로 실천하고 수행한다. "이십 분이나 늦은 이유가 무엇이냐

면 머리카락들이 너무 시끄러워서 그렇습니다/ 나는 약속을
지키는데 머리카락들이 말렸어요"(「머리카락들」)를 보자.
나는 평소에 약속을 잘 지키는 사람이다. 그런데 약속 시간
에 늦었다. 아마 머리카락들이 헝클어져("너무 시끄러워서
그렇습니다"), 그러니까 머리를 감고 머리카락을 말리느라
그랬을 것이다. 이를 "머리카락들이 말렸어요"로 표현한다.
모호한 비문은 아니다. 머리카락을 말리면서 머리카락이 약
속을 말리는 행위를 수행한다. "바닥을 구기고 바닥을 구기
며 더 얼굴을 숙이면 원하는 것이 바닥 같아"(「너와 바닥」)
도 마찬가지다. 바닥을 구기면서 얼굴을 숙인다. 계속 숙이
면 내가 마치 바닥을 원하는 것처럼 보인다는 것이지만, 그
상태가 바로 바닥 같다는 것도 말한다. 「수국」이다. 네가 기
분을 묻는다. 나는 "물결"이라고 대답한다. "물결"은 출렁
이는 무엇이다. 출렁이는 무엇을 공유하며 이렇게 "기분"은
"물결"이 된다. "그것 같기도 하고 저것 같기도" 한 기분을
꼭 집어 설명하기 어려워서 내놓은 대답이기 때문이다. 그러
고는 "이게 파랗게 보이니?"라고 되묻는다. 이 물음은 "살을
키워 칠흑 속에 가두어야만 하겠니"(「삶」), "거기 가운뎃손
가락에 핀 게 꽃이니, 욕이니"(「일생은 아득하고」)처럼, 대
답을 모르는 상태에서 벗어나려고 상대편에게 답변을 요청
하는 '진짜' 물음이 아니라, 의견과 견해에 긍정이나 부정을
청하며 이 각각에 동의를 요청하거나, 표현할 방법이 없는
상태를 나타내는 '수사의문문(rhetorical question)'이다. 이 물

음에 너는 모호한 대답 "글쎄"를 내려놓는다. "그것 같기도 하고 저것 같기도 한"을 네가 실행한다. "그럼 푸르스름하게 보이니?"라고 되물으면서 너에게 다시 묻는다. 너는 이 수사의문문으로 새파랗게 질린다. 동시에 수국 중에는 아직 새파란, 그러니까 시들지 않은 색의 수국도 있다. 이와 같은 자기 지시적-수행적 발화와 수사의문문은 블랙유머를 만들어내는 동력이다.

"뺨이 홀쭉해지도록 빨았으니 한 방울도 남김 없나요 셀 수 없이 많은 생각은 한 사람입니다"(「한 방울」)도 같은 구조다. 무언가를 마신다. 뺨이 홀쭉해졌다. 그럴 때까지 빨았다. 한 방울도 남아 있지 않은지 묻는다. 다시 '수사의문'이다. 한 방울도 남지 않았다는 것은 셀 것이 없다는 것을 의미한다. 생각을 수행한다. 〔한 방울도 남김 없나요 ‖ 셀 수 없이 많은 생각은 한 ‖ 사람입니다〕(나는 셀 수 없이 많은 생각을 해본 사람이다), 〔한 방울도 남김 없나요 셀 수 없이 ‖ 많은 생각은 한 사람입니다〕(한 방울도 셀 수 없이 남기지 않았다, (나는) 많은 생각을 해본 사람이다), 〔한 방울도 남김 없나요 ‖ 셀 수 없이 많은 생각은 ‖ 한 사람입니다〕(셀 수 없이 많은 생각은 자체로 한 사람이다) 이 셋 중 무엇일까? 이렇게 구문과 구문 사이에 화학 작용이 일어난다. 구두점이 사라진 상태, 즉 "남김 없나요 〔,〕 셀 수 없이"로 읽게 되면 "많은 생각은 한 사람입니다"와 호응하는 하나의 문장이 된다. 「거의 난초」를 보자. "거의"는 무엇인가? '그렇다'와 '그렇지 않다'의 이분법을 무너뜨린다. 이를 "거의 그렇다는 말은 거의 그렇지 않다는 말이다"라고 적었다. 문제는 다음이다. "거의 난초가 만발했을 때 난초는 난초가 시들하고 행복하니? 라고 네가 물어서 나는 행복했다고 말했다"는 문장은 "거의 난초가 만발했을 때 난초는 ‖ 난초가 시들하고 행복하니? 라고 네가 물어서 ‖ 나는 행복하다고 말했다"가 될 수밖에 없다. 왜냐하면 "거의 그렇다는 말은 거의 그렇지 않다는 말이다"를 "거의 난초가 만발했을 때 난초는"이 이미 실행한 상태이기 때문이다. "거의 난초가 만발했을 때"는 앞의 "거의 그렇지 않다"를 실행한 순간이며, 바로 뒤에 따라붙은 "난초는"은 '만발한 것은 바로 난초다'로, 이러한 상태의 주어를 강조해서 확인하는 도치의 형태이다. "거의 난초가 만발했을 때", 바로 그 순간, 앞의 "거의 그렇다는 말은 거의 그렇지 않다는 말이다"가 실행되므로, 난초는 만발한 순간, 만발하지 않은 상태가 되었다. 「환대」를 보자. 꽃 한 송이를 꽂는다. 빈 곳에 꽃이 들어가며, 꽃은 공간을 차지한다. 두 송이를 꽂는다. 공간을 더 차지할 것이다. 공간은 좁아지게 마련이다. 그러나 시인은 이걸 "공간 한 송이가 벌어"진다로, 나는 그것을 "보고 있었다"고 말한다. 꽃과 꽃 사이의 공간이자 꽃의 단위가 "송이"이듯, 이 공간도 "송이"이다. 아마도 장면을 보고 있었기 때문일 것이다. 꽃이 계속 꽂힐수록 이 공간의 "송이"와 "송이"는 점점 가까워질 것이다. 이렇게 환대가 공간에서 수행된다. "마흔 몇 송이의 꽃송이가 마흔 몇 개의 틈 사이에 꽉 끼어" 환대의 "완성작"이 만들어진다. 다양한 꽃들이 어우러져 "이루어가는 것이 한마디로 가능해"졌다. 이와 동시에 꽃과 꽃을 차지하고 있는 공간은 촘촘해져 완전히 사라진다. 이것을 시인은 '이루어가는 것'이라고 말한다. "아무것도 없음으로 이루어가는" 환대가 이렇게 실현된다.

"지금부터는 보려고 한다/ 못 볼 것들을 보았다면 눈을 질끈 감고"(「못 본 것들과 못 볼 것들」)나 "세상의 모든 열매는 환희로 벅차오른 층계에서 간당거리는 진담"(「열매들」), "죽는 순간에도 조직의 얼굴을 모르는 점조직의 일원처럼 한 점 풀은 모르는 채 붙어났다"(「풀숲」)나 "아, 나는 이 방이 내내 필요하지 않은 이방인입니다"(「5호는 어디입니까」), "더 급하게 구하는 사람이 10월 23일부터 구하기 시작했으니까/ 유능한 안전요원의 효과를 낸다"(「게시물」)도 사정은 같다. 말이 말을 물고 늘어진다. '보려고 한다'는 의지는 '못 볼 것들'을 볼 수 있는 가능성이다. 이 가능성에는 못 볼 것들을 볼 수 있는 가능성도 이미 포함되어 있다. 흔히 못 볼 것을 보면 우리가 눈을 질끈 감게 되는 것과 마찬가지다. 패러독스와 아이러니다.(「못 본 것들과 못 볼 것들」) "환희로 벅차오른 층계"다. "오른"이 이 "층계"를 수행한다. "층계"는 누군가 오른 "층계"가 된다. "환희"의 벅찬 "진담"이 "층계"에서 간당거린다. "진담"이 간당거린다. 기쁨이 갑작스레 조마조마한 긴장으로 예기치 않게 반전된다. 말은 이렇게 현기증을 피워올린다.(「열매들」) 앞의 말을 뒤의 말이 머금고 새로운 길을 튼다. 말이 머금은 수십 개의 하부 경로가 연접된다. 의미를 뒤트는 동시에 머금고 앞으로 나아간다. 모르는 상태에서 풀이 붙어났다는 것의 알리바이로 "조직의 얼굴을 모르는 점조직"이 비유되었다. 불가능이 미끄러지면서 가능의 영역으로 진입한다. '수'-'개체'(점, 점조직)라는 양적 특질을 '양'-'우거짐'의 질적 특성으로 전환하는 환유의 효과가 창출되면 '웃음'을 자아내고야 만다.(「풀숲」) 일자리를 구하는 사람은 급하다. 급한 그가 '구'하기 시작했다. 생명을 '구'하는 119대원처럼 "유능한 안전요원의 효과"를 낸다. 아이러니와 블랙유머다.(「게시물」) 이 말들은 모두 "문제가 되면 주인이 서로 나타"(「주인」)나는 말이며, "아침식사 뒤에 점심식사가 오는 것과는 다른"(「앞에서 오는 사람」) 말, "시선이 없어서 도로 뒤집어쓴 시선들의 지도"(「심야식당」) 위에 적어나간 말이자 "착지하기 직전이나 이룩한 직후"(「생활」)의 말들이다. 붕괴와 합성이 반복되는 화학작용을 통해 의미를 이중-삼중으로 확장하면서 이상한 낯섦을 창출하는 이 수행적 발화가 '반전'-'패러독스'-'블랙유머'를 시집에서 쏘아올린다. 시집은 낯선 감각에서 빚어진, 말할 수 없는 것을 발명한 첨예한 언어로 가득하다. 조말선의 시집은 말할 수 없는 것들을 꺼내들어 새로 발견해야 할 미지의 것들을 펼쳐낸 '의미-형식'의 낯설고 이상한 고안의 순간으로 우리를 초대한다.

조말선 1998년 부산일보 신춘문예와『현대시학』을 통해 등
단했다. 시집으로『매우 가벼운 담론』『둥근 발작』『재스민
향기는 어두운 두 개의 콧구멍을 지나서 탄생했다』가 있다.
현대시동인상, 현대시학작품상을 수상했다.

문학동네시인선 172

이해할 수 없는 점이 마음에 듭니다

ⓒ 조말선 2022

1판 1쇄 2022년 6월 15일
1판 3쇄 2024년 7월 19일

지은이 | 조말선
책임편집 | 강윤정
편집 | 이희연 김영수
디자인 | 수류산방(樹流山房) 본문 디자인 | 유현아
저작권 | 박지영 형소진 최은진 오서영
마케팅 | 정민호 서지화 한민아 이민경 안남영 왕지경 정경주 김수인 김혜연
        김하연 김예진
브랜딩 | 함유지 함근아 박민재 김희숙 이송이 박다솔 조다현 정승민 배진성
제작 | 강신은 김동욱 이순호
제작처 | 영신사

펴낸곳 | (주)문학동네
펴낸이 | 김소영
출판등록 | 1993년 10월 22일 제2003-000045호
주소 | 10881 경기도 파주시 회동길 210
전자우편 | editor@munhak.com
대표전화 | 031) 955-8888 팩스 | 031) 955-8855
문의전화 | 031) 955-2696(마케팅), 031) 955-2678(편집)
문학동네카페 | http://cafe.naver.com/mhdn
인스타그램 | @munhakdongne 트위터 | @munhakdongne
북클럽문학동네 | http://bookclubmunhak.com

ISBN 978-89-546-8727-0 03810

www.munhak.com

문학동네